勸善金科

〔清〕張照等 編 乾隆內府刊本

图书在版编目（CIP）数据

劝善金科 / （清）张照编. -- 北京 : 海豚出版社,
2018.1
ISBN 978-7-5110-2163-2

Ⅰ. ①劝… Ⅱ. ①张… Ⅲ. ①连台本戏－剧本－中国
－清代 Ⅳ. ①I207.32

中国版本图书馆CIP数据核字(2017)第321069号

书名：劝善金科
作者：（清）张照编
责任编辑：李俊
责任印制：蔡丽
出　　版：海豚出版社
网　　址：http://www.dolphin-books.com.cn
地　　址：北京市百万庄大街24号
邮　　编：100037
电　　话：010-68325006（销售）　010-68998879（总编室）
印　　刷：虎彩印艺股份有限公司
经　　销：新华书店及网络书店
开　　本：16开（210毫米×285毫米）
印　　张：163.625
字　　数：1309（千）
版　　次：2018年1月第1版　2018年1月第1次印刷
标准书号：ISBN 978-7-5110-2163-2
定　　价：4400.00

出版説明

現代漢語用『圖書』表示文獻的總稱，這一稱謂可以追溯到古史傳説時代的河圖、洛書。在從古到今的文化史中，圖像始終承擔着重要的文化功能。傳説時代的大禹『鑄鼎象物』，將物怪的形象鑄到鼎上，使『民知神奸』。在《周易》中也有『制器尚象』之説。一般而論，文化生活皆有其對應的物质層面的表现。在中國古代文獻研究活動中，學者也多注意器物、圖像的研究，如《詩》中的草木、鳥獸、《山海經》中的神靈物怪，禮儀中的禮器、行禮方位等，學者多畫爲圖像，與文字互相發明，成爲經學研究中的『圖説』類著述。又宋元以後，庶民文化興起，出版業高度發達，版刻印刷益發普及，在普通文獻中也逐漸出現了圖像資料，其中廣泛地涉及植物、動物、日常的物質生產程序與工具、平民教化等多個方面，其中流傳至今者，是我們瞭解古代文化的重要憑藉，通過這些圖文並茂的文本，讀者可以獲得對古代文化生動而直觀的感知。爲了方便讀者利用，我們將古代文獻中有關圖像、版畫、彩色套印本等文獻輯爲叢刊正式出版。

本編選目兼顧文獻學、古代美術、考古、社會史等多種興趣，範圍廣泛，版本選擇也兼顧古代東亞地區漢文化圈的範圍。圖像在古代社會生活中的一大作用涉及平民教化，即古人所謂的『圖像古昔，以當箴規』，（語出何宴《景福殿賦》）明清以來，民間勸善之書，如《陰騭文》、《閨范》等，皆有圖解，其中所宣揚的古代道德意識中的部份條目固然爲我們所不取，甚至是應該批判的對象，但其中多有精美的版畫，除了作爲古代美術史文獻以外，由此也可考見古代一般平民的倫理意識，實爲社會史研究的重要材料。

本編擬目涉及多種類型的文獻，茲輯爲叢刊，然亦以單種別行為主，只有部份社會史性質的文本，因爲篇卷無多，若獨立成册則面臨裝幀等方面的困難，則取同類文本合爲一册。文獻卷首都新編了目錄以便檢索，但爲了避免與書中內容大量重複，無謂地增加篇幅，有部份新編目錄視原書目錄爲簡略，也有部份文本性質特殊，原書中本無卷次目錄之類，則約舉其要，新擬條目，其擬議未必全然恰當。所有文獻皆影印，版式色澤，一存古韻。

目録

第一册

第二册

義主乎勸善懲奸文比於金科玉律洵不愧作者之言

丙辰三月金臺散人弁首

勸善金科序

釋迦牟尼佛。為大弟子摩訶目犍連母劉氏。破戒殺生應墮地獄。竭調御丈夫天人師力救之。往往不及一步。仍歷盡十八地獄乃已。推是有盂蘭盆會。普濟衆生。釋迦作此一場漏逗。普天下亘萬古冬烘先生。笑之齒冷。若殺生者即如是墮地獄。普天下亘萬古人皆殺生者也雖廣十閻君之額為萬閻君猶不能了公案如云不戒則罪輕破戒則罪重是則戒也者釋迦為之厲階也其何以云無名氏曰否否若固夏蟲不可與語冰也夫六塵六識六入為十八變生既有之滅何不然夫此六塵六識六入雖孝子不能同于其父母雖慈父母

不能同于其子。猶人共枕同寢。而其為夢必不能以同。夫甚飽夢與甚饑夢。取子飽而父母饑。則不能強父母之夢取而為與也。父母饑而子飽。則不能強子之夢與而為取也。生滅非他。夢之大者耳。摩訶目犍連之於劉氏。乃如來真語如語實語不妄語不誑語。而豈設為造作。以駭世之婦人

女子乎冬烘先生聞之舌撟而不敢下然
猶項强而不肯俯也有具大悲心作將來
眼者演而爲劇名曰勸善金科使天下擔
夫販豎奚奴凡婢亦莫不耳而目之而心
志之恍如有刀山劍樹之在其前不特平
旦之氣清明即夜夢亦有所懼而不敢肆
調御丈夫天人師所願聞者歟或曰釋迦

者周昭王時人。今譜其弟子大目犍連之事。而雜舉唐代人物奸良忠佞。混千年為一時。所謂王舍城者五印度也。而雜舉西天震旦城郭人民。越萬里為一土。甚至倏為唐朝事。倏又若今日事。奇怪惝恍。誠不可惡也。曰此沒量大人。乃能解之。而非冬烘先生之可語也。肇法師論之詳。無庸蛇足。子取肇論讀之。當有悟筆雲墨雨所濡。
誠不妨直至今日太平天下也。子若不悟。
姑請觀劇。無名氏序

勸善金科題詞　集賢賓二闋

大千世界恒沙土。各不相知。細入焦螟兩睫。內列城池一樣。悲歡離合。無端貴賤雄雌。其中亦有華嚴座。法王廣說毗尼。不是莊周齊物。請問釋迦師。悲含同體發深慈。要救拔羣癡。八萬闍梨。細行一乘猋馳。直達菩提寶所。那知絕倒獅兒。道劉氏可

爲榜樣破僧戒地獄如斯調達掀髯大笑
此處久要之
好春白日東風輭分付尊罍齊發鶯笙鳳
管細接妍詞月有盈虧弦魄時分中盛興
衰其間只有忠和孝到頭剩得便宜駕起
尻輿神馬郁烈國相隨　舞衫歌扇演當
時請復一中之觸恨鑾爭不已多少狂痴

收拾紅牙拍下。而今喚做傳奇。莫區分梵
天此土。破斯夢開眼為期。不爾珊瑚枕上。
且共化人嬉。

勸善金科 卷首

凡例

一勸善金科其源出于目連記目連記則本之大藏盂蘭盆經蓋西域大目犍連事跡而假借爲唐季事牽連及于顏魯公叚司農輩義在談忠說孝西天此土前古後今本同一揆不必泥也顧舊本相沿魚魯豕亥其間宮調舛訛曲白鄙猥今爲斟酌宮商去非歸是數易稿而始成舊本所存者不過十之二三耳仍名勸善金科云

者其義具載開場白中茲不復綴

一元人雜劇一事大抵四折其後琵琶幽閨等劇寖至三十餘齣四五十齣不等如湯若士之牡丹亭洪昉思之長生殿至五十餘齣分上下二本又其最多者也勸善金科舊有十本則多之至矣但每本中或二十一二齣或三十餘齣多寡不勻今重加校訂定以二十四齣爲準仍分十本共二百四十齣

一舊本名目或七字或八字參差不齊且不雅馴今槩以

七言標目當句有對

一宮調用雙行小綠字曲牌用單行大黃字科文與服色俱以小紅字旁寫曲文用單行大黑字襯字則以小黑字旁寫別之

一曲文每句每讀每韻每疊每格每合之下皆用藍字註之以免歌者悞斷而失其義

一中原音韻填北曲所用也故入聲皆分隸平上去三音是刻凡遇北調其入聲應作平上去聲者皆照發聲之

例用小紅圈一一圈出其南詞中一字有兩音者如少少好好之類亦皆以小紅圈發聲

一從來演劇惟有上下二塲門大槩從上塲門上下塲門下然有應從上塲門上者亦有應從下塲門上者且有應從上塲門上而仍應從上塲門下者有從下塲門上仍應從下塲門下者今悉爲分別註明若夫上帝神祇釋迦仙子不便與塵凡同門出入且有天堂必有地獄有正路必有旁門人鬼之辨亦應分晰並註明每齣中

一古稱優孟衣冠言雖假而似眞也今將每齣中各色人之穿戴於登場時細爲標出

一凡古人塡詞每齣始末率用一韻然亦間有出入者則古風體也舊本多訛今並改正

一詞曲必按宮調而文人游戲惟興所適往往不依規矩如湯若士之牡丹亭其尤甚者也是集悉遵宮調無所出入

[illegible]

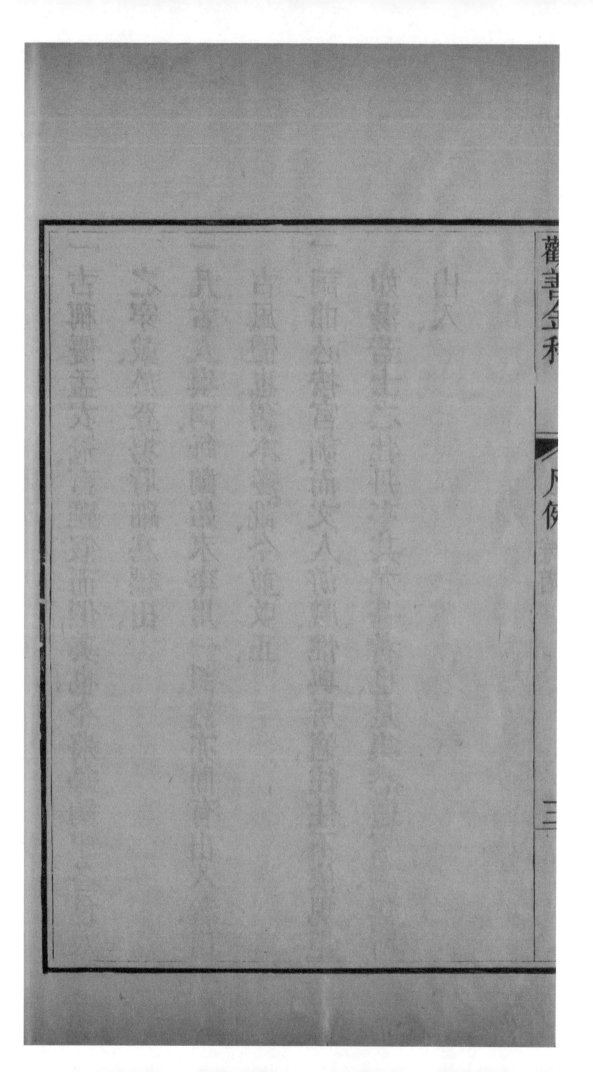

勸善金科卷首

總目

勸善金科第一本卷上

勸善金科第一本卷下

勸善金科第二本卷上

勸善金科第二本卷下

勸善金科 第三本卷上

勸善金科　第四本卷上

勸善金科第四本卷下

勸善金科第五本卷上

第十一齣　僧尼山下戲調情　第十二齣　婢僕園中謀瘞骨

勸善金科　第五本卷下

第十三齣　註死生難逃岱嶽　第十四齣　奏善惡不遠庖廚

第十五齣　冥司已發勾人票　第十六齣　愚婦猶慳供佛燈

第十七齣　好善奴掃地焚香　第十八齣　作孽母指天誓日

第十九齣　五瘟使咄咄齊來　第二十齣　一魂兒悠悠欲去

第廿一齣　孝心切哀懇神明　第廿二齣　惡貫盈悲含祖考

第廿三齣　黑黑冥途從此始　第廿四齣　昭昭天報自今明

勸善金科　第六本卷上

勸善金科　第六本卷下

勸善金科 第七本卷上

勸善金科第七本卷下

勸善金科第八本卷上

勸善金科　第八本卷下

勸善金科第九本卷上

勸善金科第十本卷上

勸善金科第十本卷下

第一齣　樂春臺開宗明義　魚模韻

雜扮八靈官各戴紥巾額紥靠穿戰靴掛赤心忠良牌持鞭從昇天門上跳舞鳴爆竹鞭淨臺科仍從昇天門下塲上設香几內奏樂雜扮八開塲人各戴將巾紥額簪孔雀翎穿直領繫鑾帶捧爐盤執如意從兩塲門分上各設爐盤於香几上焚香三頓首科起各執如意遶塲分白

玉女搖仙珮

河山一統。句 日月雙丸。句 閱盡風雲世路。韻 剖破藩籬。句 洞觀今古。句 喚醒愚頑氓庶。韻 莫被貪嗔誤。韻 歎人情變幻。句 雨翻雲覆。韻 請細看、讀 聰明智巧。句 盡屬衰草寒烟荒土。韻 無辱亦無榮。句 江上漁翁。句 山間樵父。韻 多少蠅頭奪利。句 蝸角爭名。句 總是一番虛度。韻 暗室虧心。句 難逃天網。句 到底行藏敗露。韻 重把宮商譜。韻 莫認做、讀 旖旎淸歌妙舞。韻 試娓娓、讀 塵世窮通。句 幽冥禍福。句 逃津施渡。韻 人應悟。韻 大家

莫負

當今主。韻內白借問臺上的今日搬演誰家故事、八開場人白搬演目連救母勸善金科、內白這本傳奇流傳已久、怎麽又叫做勸善金科、八開場人白這本傳奇原編的不過傳門一家良善念佛持齋冥府輪廻刀山劍樹善者未足起發人之善心惡者不足懲創人之惡志

當今萬歲憫赤子之癡迷借傀儡爲刑賞曲證源流懸慧鐙於腕底兼羅今古駕寶筏於毫端删舊補新從俚入雅

善報惡報神栽培傾覆之權去驕去淫凜惡盈損滿之戒世際昇平時逢大賚笙歌廣幕洽萬姓之歡心絃管鈞天同四方之樂事使天下的愚夫愚婦看了這本傳奇人人曉得忠君王孝父母敬尊長去貪淫戒之在心守之在志上臨之以天鑑下察之以地祇明有刑法相繫暗有鬼神相隨出處語默天地皆知天不可欺惟正可守日中則昃月盈則虧善報惡報不昧毫釐可見世有不明之事天無不報之條借此引人獻出良心把那

奸邪淫貪的念頭、一塲氷冷、如雪入洪爐、不點自化、沛兹甘澤、覆以慈雲、人能警醒、自獲嘉祥、臺下的不要把來當艷舞新聲、尋常觀聽過了、分白

世間須作善因緣、　今古開塲當詰傳、
禍福無門非謬也、　忠良有報信昭然、
天堂地獄誰牽引、　馬腹驢胎任轉還、
暫借宮商宣勸善、　春臺同樂太平年、

仍從兩塲門分下

第二齣　勅天使闡裕綱紀　齊微韻

雜扮四功曹各戴功曹帽穿雁翎甲繫年月日時牌持鐧從昇天門上跳舞科雜扮青龍戴青龍冠紥靠持刀雜扮白虎戴白虎冠紥靠持鎗雜扮朱雀戴朱雀冠紥靠持劍雜扮神武戴神武冠紥靠持斧從昇天門上仝功曹合舞科仍仝從昇天門下雜扮二十八宿各戴本形像冠紥靠持鎗從昇天門上跳舞科仍從昇天門下

內奏樂四功曹靑龍白虎朱雀神武二十八宿仍從昇天門上各分侍科雜扮四星官各戴朝冠穿蟒束玉帶執笏雜扮四宮娥各戴過梁額穿舞衣執提爐雜扮四宮官各戴宮帽穿蟒繫絲縧執符節龍鳳扇引生扮三台北斗戴冕旒穿蟒束玉帶執圭從昇天門上衆全

唱

仙呂入雙角合曲　北新水令

星辰環拱象昭回。韻貫珠般瑤空朗綴。韻雲中光奕奕。句天畔影輝輝。韻聖治無爲。韻喜

照臨着這清寧世。韻場上設高臺帳幔桌椅內奏樂轉

場陞座衆神各分侍科三台北斗白玉衡齊處度無愆

妙合還從造化先分晰塵寰諸善惡明明天鑒一輪懸

吾乃三台北斗星君是也爲陰陽之元本作天地之樞

機含瑞彩而麗天昭明多慶煥神光而垂象兆應太平

操巡查善惡之權秉稽察忠奸之政堪歎那閻浮界衆

生所作所爲無一不是造業造罪之事豈知大圓鏡纖

毫不爽定盤星絲忽無差已曾相召巡察諸神并各省

城隍土地待其到來再當面諭一番正是秉鑑持衡同
訪察上天下地槩知聞　雜扮四採訪使者各戴嵌龍幞
頭穿蟒束玉帶從上場門上唱
仙呂入雙角合曲　南步步嬌　梯躡雲霞行空際　韻　足下祥飇起
韻　見閶闔啓天屏　韻　宮殿崔巍　句　雲中高峙　韻　各作進
門朝見科白　三台北斗星君在上衆採訪使者叅見　三
台北斗白　諸位尊神少禮　四採訪使者唱　合　晉謁肅摳
衣　韻　向瑤堦玉陛深深禮　韻　白　小神等遵奉星君法諭

遍察下界之人、無奈迷而不悟作惡造罪者多、樂善信心者少、不知還當作何懲誡、三台北斗白 此後下界之人、倘是仍然怙惡不悛、爾諸神須是無容無隱、詳悉報呈、四採訪使者白 謹遵法諭、三台北斗白 想那塵世人民、好生愚昧也、唱

仙呂入雙角合曲 北折桂令

謾說是天道無知。韻 古往今來。句 放過伊誰。韻 自有箇閒中記載。句 暗裏詳推。句 默運神機。韻 休道是闇室內心可潛虧。韻 黑地裏人可相欺。韻

種種謀爲。韻種種貪癡。韻彰果報少不得無漏無遺。韻

償罪業。只爭箇來早來遲。韻雜扮四功曹各戴功曹帽

穿厖翎甲繫年月日時牌持馬鞭從上場門上唱

仙呂入雙角合曲　南江兒水　甲子雖分值。韻巡查實共司。叶這

曹官的責任非輕細。韻把禍淫福善須登記。韻那雲章

鳳篆頻傳遞。韻各作下馬進門朝見科白　小神等叅見

星君、三台北斗白　諸神少禮、四功曹唱　瞻仰天樞高位。

韻合　斗府尊嚴。句正列宿羣星環衞。韻白　星君相召我

等不識有何法旨、三台北斗白爾諸神巡察塵凡、自當丕昭顯應、聿申警戒、使那愚夫愚婦、改惡從善、永爲盛世良民、不亦善乎、四採訪使者四功曹白星君憫世之心、如此肫誠懇切、小神等自當仰體而行、三台北斗白可憐那塵世愚民、好無分曉也、唱只認做無知識人可欺。韻不信那有報應天難昧。韻何曾具半星兒利物心。句只打辦一謎的傷人意。韻呀。格謾道是善小莫須提。韻謾道是惡小不妨爲。韻可知那行善的嘉徵萃。韻可知那作惡的業報隨。韻喚不醒塵迯。韻在今日裏知誰悔。韻受不盡泥犂。韻到那時間枉自悲。韻那時間枉自悲。疊

雜扮八城隍各戴紮紅幞頭穿圓領束金帶從上場門上唱

仙呂入雙角合曲

南僥僥令

佑民多有感。句體物本無遺。韻則俺各按方隅把城垣衛。韻合濯濯的聲靈人共知。韻各作進門朝見科白星君在上、各路城隍叅禮、三台北斗

白諸神巡查善惡赫施報應固爲當分之事但將來有一二亂臣賊子盜弄兵戈殘害黎庶爾諸神各有民社之寄須當力爲保護山川民物以俟昇平八城隍白謹遵法諭三台北斗白且聽我道來唱

仙呂入雙角合曲

北收江南

呀格爲戎馬無端伏莽起韻遭喪亂値流離韻要恁神明默相保黔黎韻威靈顯著護城池韻天心難轉移韻人力怎挽回韻指日裏太平重睹樂雍熙韻雜扮四土地各戴紮紅紗帽穿圓領束金帶

從上場門上唱

仙呂入雙角合曲　南園林好

住荒祠官銜忝卑。韻 守村社品級忝低。韻 却瞞不過當方土地。韻合 善與惡我先知。韻 善與惡我先知。疊 各作進門朝見科白 星君在上各路土司叅見、三台北斗白 爾衆土司各於本境內保護人民暗佑疆土毋得有違、四上地白 謹遵法旨、三台北斗白 爾等諸神每逢月望月晦之期將所察之善惡呈報詳明、或當生前速報、或當死後果償、那時再爲定奪施行、衆神應科三台北斗白　又聞得王舍城中傳相、夫妻父子、長齋禮佛、多行善事、累積陰功、爾諸神當再加細詳察、如果有其事、當奏聞上帝、以邀寵錫、衆神仝白　謹遵星君法旨、衆仝唱

仙呂入雙角合曲　北沽美酒帶太平令 沽美酒全

勸人生休執迷。韻勸人生休執迷。疊覺今是悟前非。韻好把那善念堅持莫暫離。韻若要咱神天垂庇。韻只在你自行爲。韻往常間居仁由義。韻平昔裏蹈矩循規。韻休抹却綱

常倫理。韻好記取慈祥愷悌。韻俺呵。格諄諄的諭伊。韻

勸伊。韻聽不聽也還在你。韻呀。格這意兒有誰能會。韻

衆神作拜別科四採訪使者各作出門從兩場門分下四功曹各作出門騎馬從兩場門分下八城隍四土地各作出門從兩場門分下內奏樂三台北斗下座科衆仝唱

南慶餘　俯視那紛紛攘攘閻浮世。韻具天良的人心無異。韻則須是化盡愚頑移易得風俗美。韻衆擁護三台

北斗仍從昇天門下二十八宿遶場科仍從昇天門下

內奏十番樂衆全念淨臺咒

哩拉蓮。拉蓮哩蓮。哩拉蓮。

拉哩拉蓮。哩拉蓮。拉哩蓮。九轉

勸善金科第一本卷上

第三齣　宴佳辰善門集慶　真文韻

生扮羅卜戴巾穿直領帶數珠繫儒縧從上場門上唱

雙角套曲　新水令

少年養正事修身。韻　論修身善爲根本。韻　至心皈萬法。句　竭力奉雙親。韻　菽水晨昏。韻　身外事吾何論。韻

中場設椅轉場坐科白　三陽應律轉鴻鈞、浩蕩均霑大造恩、五色瑞雲盈宇宙、四時佳氣滿家門、小生姓傳名羅卜、王舍城人氏、詩書舊族、積善傳家、爹爹傳

相、恩賜義官、母親劉氏、宦門淑女、幸喜康寧無恙、今逢
歲月更新、三百六十日、須知此日爲元、一萬六千春、願
祝長春不老、已曾吩咐安排香茗素席、慶賀新春、并祝
眉壽、益利何在、末扮益利戴羅帽穿道袍繫鑾帶帶數
珠從上場門上白來了、雲山九門曙、天地一家春、作見
科白官人有何吩咐、羅卜白筵席可曾整備麼、益利白
整備多時、羅卜起隨撤椅科白爹媽有請、外扮傅相戴
紗帽穿圓領束金帶帶數珠從上場門上唱

又一體　平生學誼貫天人。韻　淡功名溪山高隱。韻　烟霞成痼疾。句　富貴等浮雲。韻　得失紛紜。韻　不縈我閒方寸。

韻雜扮八院子各戴羅帽穿道袍雜扮八梅香各穿衫背心繫汗巾從兩場門分上小旦扮金奴穿衫背心繫汗巾引旦扮劉氏戴鳳冠穿圓領束金帶帶數珠從上場門上唱

又一體　半生勤苦佐夫君。韻　早星星霜華盈鬒。韻　尸饔常早起。句　握算每宵分。韻相見科劉氏白員外、唱　累世行仁。韻　釀和氣人天順。韻場上設椅各坐科分白　爆竹聲中一歲除、春風送暖入屠蘇、千門萬戶曈曨日、總把新桃換舊符、羅卜白　告稟爹爹母親知道、今逢元旦良辰、最是一年韶景、已安排香茗、聊當旨酒稱觴、慶賀爹爹母親百年榮祉、傅相白　我兒、生受你了、但須安排香案、先拜天地君親、再行賀正之禮、羅卜白　益利、捧香案過來、益利應科各起隨撤椅科內奏樂二院子搭香案設左側傅相上香衆按次序隨行禮科衆全唱

雙角套曲鴈兒落　爇沉檀金猊縈篆痕。韻靉靆祥雲引。韻傳
相白這炷香呵、衆仝唱拜謝的乾坤雨露滋。句儘教那
萬物咸霑潤。韻內奏樂二院子隨撤香案二院子搭香
案設中塲衆遶塲傳相上香衆按次序隨行禮科衆仝
唱
又一體　殫焦勞一人臨萬民。韻宵旰精神運。韻傳相白
這炷香呵、衆仝唱拜謝的皇仁覆載宏。句和那聖德穹
圓峻。韻內奏樂二院子隨撤香案二院子搭香案設右

側眾遶場傳相上香眾挨次序隨行禮科眾全唱

又一體

感先人陰功培後昆。韻世澤家聲振。韻傳相白這炷香呵、眾全唱拜謝的祖宗呵護靈。句使兒孫歲月常安穩。韻內奏樂二院子隨撤香案場上設桌椅益利捧茗盞羅卜接盞定席畢傳相劉氏坐科羅卜行禮畢亦坐科益利金奴率眾行禮科羅卜唱

雙角套曲 折桂令

青陽晴靄氤氳。韻梅蕊舒香。句燕彩宜春韻這香茗盈杯。句辛盤菜甲爭新。韻底用玉釵金粉。韻

儘萊衣彩舞悅闈闈。韻 佳景良辰。韻衆院子梅香仝唱

佳景良辰。疊 眞乃眉壽康寧。句 喜氣盈門。韻金奴取盞

益利向下取壺隨上斟茗金奴送茗科傳相唱

又一體

星星華鬢添新。韻 電影韶年。句 夢影芳春。韻 祿

祿浮生。句 功名事業休論。韻 種得良田方寸。韻 好家私

傳付與兒孫。韻 强似金銀。韻劉氏唱 强似金銀。疊 管敎

葉茂枝繁。句 昌大吾門。韻衆仝唱

雙角套曲 瓊林宴

東風滿座春。韻 笑語宴佳辰。韻 玉液瓊漿

仙醴進。韻鶯花鬭新。韻怎能彀舞天花不沾身。韻金奴

復送茗科衆仝唱

雙角套曲太平令繡屏前椒花色襯。韻金爐裏柏子香焚。韻

眞箇是神仙風韻。韻眞箇是神仙風韻。疊禁不住留春。韻惜春。韻愛春。韻難辜負韶光一瞬。韻各作出席隨撤

桌椅科傅相唱

慶餘花明日暖風光嫩。韻劉氏唱長爲青山作主人、。韻

羅卜白顧爹爹母親呵、唱壽比喬松幾百春。韻仝從下

勸學金斗

第二十卷上

□言全稿 第一本 五

第四齣　會良友別室談心　尤侯韻

淨扮僧明本戴僧帽穿僧衣披袈裟帶數珠托鉢盂持拂塵從上場門上唱

雙調正曲　孝順歌

塵中寄。句物外遊。韻孤雲踪跡隨地留。韻四大本何有。韻一心自無垢。韻生扮道貞源戴道巾穿水田道袍繫絲縧持魚鼓簡板從上場門上唱古觀朝眞禮斗。韻誦罷黃庭。讀庚申夜守。韻合一片雲水閒情。

句又向塵寰趨走。韻分白 小僧明本是也、貧道貞源是也、明本白 今聞王舍城中、傳長者好善、一同探問一番來此已是、貞源白 有人麼、末扮益利戴羅帽穿道袍繫鑾帶帶數珠從上場門上白 道院迎仙客、書房隱大儒、作出門科白 二位何來、明本貞源白 特來拜謁家長、益利白 我東人廣種福田、存心樂善、旣蒙二位到此、不勝欣幸、明本貞源白 乞煩通報、益利白 二位暫請少待、容當通報、作進門科白 員外有請、外扮傳相戴巾穿氅帶數珠從上場門上白願天常生好人願人常行好事雖然悟得昨非非豈可便言今是、益利白外面有僧道求見、傳相白待我出迎、作出門請明本貞源進門科明本貞源白久仰高名泰山北斗、小僧貧道驚動起居、傳相白老夫素心樂善正要廣結良緣有失迎迓望乞恕罪請入後堂談論一番、中場設香案帳幔桌上掛三官堂匾左臺口設香案帳幔桌上掛觀音堂匾右臺口設香案帳幔桌上掛樂善堂匾傳相引明本貞源行科白這是觀音

堂、明本白阿彌陀佛、隨撤觀音堂桌帳科傳相引明本
貞源白無量壽佛、
貞源行科白　這是三官堂、明本白阿彌陀佛、隨撤三官
貞源白無量壽佛、
堂桌帳科傳相引明本貞源行科白　這是樂善堂、貞源
白樂善堂寫得好、隨撤樂善堂桌帳科場上設桌椅明
本貞源置魚鼓簡板鉢盂於桌上各坐科益利向下取
茶隨上各送茶科衆接茶盞各飲畢益利接茶盞從下
場門下傳相白　老夫雖則心存樂善、但身居塵世、未曾
悟得本來、明本白　有善根、貞源白　正是、傳相唱

又一體、

念平生願。句殫力修。韻這妙道須當着意求。韻

明本喝科白求甚麼、求甚麼、將你那所求的拿來我看、

傅相作會意科白師傅、唱深賴伊法語說根由。韻使我把重關透。韻

貞源唱莫待苦雨淋頭。韻到得其時、讀相遭僝僽。韻

合須知瞬息殘陽。句到此際不堪回首。韻

明本笑科唱

說甚心清淨。句勵自修。韻把傀儡生涯着意求。韻

又一體

可知道心佛一齊休。韻無休可承受。韻

各起隨撤椅

科傳相白　二位端坐待我拜從爲師、禮拜明本貞源科

唱　一語相投。韻　却如水乳、讀　心心相究。韻合似　進簣爲山。句要見箇　山成時候。韻白　會緣橋上、僧房道宇儘多、請二位在彼住下、早晚之間還要領教、明本貞源白　多謝員外了、傳相唱

承蒙法語　把　根源究。韻明本貞源唱　具足圓成不用修。韻傳相唱　善行工夫　只在　性內求。韻各虛白仝從

下場門下

第五齣　李希烈背恩叛國　東鍾韻

雜扮四小軍各戴馬夫巾穿蟒箭袖卒褂執旗雜扮八軍卒各戴將巾穿蟒箭袖排穗執標鎗雜扮八軍卒各戴打仗盔穿打仗甲佩刀雜扮二中軍各戴中軍帽穿中軍鎧佩刀丑扮周曾戴荷葉盔穿圓領束金帶內襟靠引淨扮李希烈戴金貂紮靠紮令旗襲蟒束玉帶從上場門上唱

雙角套曲　新水令　笑　當年卓犖不英雄。韻　枉把那機謀深用。韻

胥君真跋扈。句　下士假謙恭。韻　到頭來事業成空。韻

都做了春宵夢。韻　中場設椅轉場坐科白　十萬戈矛鎮

蔡疆。何難稱帝與稱王。近來恰好新遷許。要學曹瞞志

四方。老夫平盧節度使李希烈是也。少嫻弓馬。長習韜

鈐。論武勇真是卷鐵舒鉤。誇智謀不數囊沙拔幟。教戰

斬姬法令還如孫武。單騎見虜威名不讓令公。只因國

家多釁。每懷席捲之心。一向納叛招亡。頗蓄鯨吞之志

朝廷命俺兼平盧節度使徙鎮許州有衆數十萬人暗
與朱泚朱滔李納合志同謀覲變而動但我想上蔡許
州彈丸之地難以成事我如今出其不意先取汴京以
爲駐劄之地次逼襄城以圖進取之機那時關中騷動
闕下震驚遙連朱泚聲援又結懷光爲內應大事成矣
周曾白元帥妙算無遺小將周曾意中正要如此但是
朱泚處亦須朝夕潛通庶便進取怎得一箇細密可託
之人前去方好李希烈白正是雜扮四小軍各戴馬夫

巾穿蟒箭袖卒御執旗引小生扮李克誠戴八角冠穿圓領束金帶內紮靠從上場門上白　自家李克誠是也、蒙元帥差往教塲齊集人馬、事畢回來此間已是轅門首、不免進見、作進門科白　李克誠打躬、李希烈白　軍馬俱整齊否、李克誠白　領元帥鈞旨到教塲中細探人情、箇箇願元帥早稱名號、地利天時、不可失也、李希烈白　既如此、俺就稱天下兵馬都元帥、李克誠爲偏將軍、周曾爲前路先鋒、李克誠周曾白　多謝主公、李希烈白　中

軍速備黃牛白馬祭品等物待俺告祭天地即日興師

二中軍應科李希烈起隨撤椅科雜扮八轎夫各戴紅氈帽穿箭袖轎夫衣擡轎雜扮傘夫戴馬夫巾穿蟒箭袖卒御執傘雜扮三執纛八各戴馬夫巾穿蟒箭袖卒御執纛周曾李克誠從兩塲門分下脫圓領乘馬雜扮二馬夫各戴馬夫巾穿箭袖卒御牽馬仝從兩塲門分上李希烈乘轎衆擁護遶塲科李希烈唱

雙角套曲 駐馬聽 怎如俺烈烈轟轟。韻烈烈轟轟。疊似雷雨交催起蟄龍。韻却笑他惛惛懵懵。韻似秋風折羽困桃蟲。韻俺如今創成基業恥與那古人同。韻取將富貴要和那同謀共。韻穩坐了上陽宮。韻何况俺隴西公子原都是天潢種。韻作到科衆全白請主公下轎、李希烈下轎周曾李克誠各下馬轎夫擡轎馬夫牽馬仍從兩場門分下一中軍白祭禮俱已完備、請主公拈香、內奏樂副扮禮生戴禮生帽穿藍衫繫儒絛從上場門上場上設香案一執纛人建纛李希烈拈香行禮科雜扮四將吏各戴將巾穿蟒箭袖排穗執旗雜扮二判官各戴判官帽穿圓領束角帶持筆簿引雜扮採訪使者戴嵌龍幞頭穿蟒束玉帶從上場門暗上後場立科李希烈唱

雙角套曲 沉醉東風 憑着俺精誠感通。韻 瓣香爇昭告蒼穹。韻白 想自來呵、唱 有幾多人號祖稱宗。韻 有幾多人創業垂統。韻 都同俺傑士心胸。韻 豈必唐家合九重。韻 無非是 逐鹿中原偶中。韻 禮生白 請主公奠酒、內奏樂一中軍遞爵李希烈接奠禮生贊禮白 初獻爵、一中軍接

爵周會李克誠衆軍卒隨李希烈行禮畢李希烈白俺

李希烈呵、唱

雙角套曲 鴈兒落 不屑那巍巍官爵隆。韻休提起浩浩皇恩

重。韻想從來成大事無瞻顧。句到今朝建鴻圖志量雄。

韻內奏樂一中軍遞爵李希烈接奠禮生贊禮白亞獻

爵、一中軍接爵周會李克誠衆軍卒隨李希烈行禮畢

李希烈唱

雙角套曲 得勝令 好准備琉璃殿內犨金龍。韻好准備赭黃

袍上繡華蟲。韻白那時呵、唱少不得一般的頌湯武無慚德。句少不得把俺做比勳華多武功。韻內奏樂一中軍遞爵李希烈接奠禮生贊禮白終獻爵、一中軍接爵周曾李克誠衆軍卒隨李希烈行禮畢李希烈白俺想千秋萬載之後看那史書的有幾人、幾人中又誰知香臭。唱朦朧。韻且由咱一霎刀兵動。韻氓農。韻也是你千年刼運逢。韻禮生白三獻已畢、請各將校展拜、內奏樂周曾李克誠衆軍卒全行禮畢禮生仍從上場門下李

希烈換帥盔脫蟒科衆將吏引採訪使者從下場門墻
下二中軍撤香案科衆全唱
雙角套曲七弟兄想斬蛇的劉沛公。韻雖逝的楚重瞳。韻怎
及俺主人雄。韻聖文神武由天縱。韻桓桓羆虎盡從龍。
韻儼是那旭日羣星捧。韻二中軍白祭拜已畢請主公
到教場中傳令、李希烈白吩咐起馬、衆應科雜扮三馬
夫各戴馬夫巾穿箭袖卒褂牽馬從兩場門分上李希
烈周曾李克誠各乘馬衆軍卒擁護遶場科李希烈唱

雙角套曲　梅花酒

你看虎狼般徒旅雄。韻排列處壯軍容。韻看旌旆亂搖風。韻聽金鼓似雷轟。韻散霜華耀劍鋒。韻閃電影走驕驄。韻作到科周曾李克誠白請主公陞廳、李希烈周曾李克誠各下馬三馬夫牽馬仍從兩塲門分下衆軍卒各分侍科李希烈白衆將官、衆應科李希烈白聽我號令、衆應科李希烈白前哨傳中哨、中哨傳後哨、須要晝夜進發、行同魚貫、開若鴈行、左則盡左、右則盡右、進則隨進、退則隨退、違令者斬、衆仝白得令、李

希烈白　吩咐放砲扯旗、速取汴京、衆應科內放砲衆吶喊三馬夫牽馬仍從兩場門分上李希烈周曾李克誠各乘馬科李希烈白　呀、你看愁雲漠漠、冷霧茫茫、好一派殺氣也、衆全唱　錦江山在眼中。韻　只反掌便成功。韻　三尺劍六鈞弓。韻　似拉朽比澆螢。句　文逃走武投充。韻　任黔黎腥血鋒。韻　把城郭輕輕送。韻　把降書款款通。韻　依樣兒今古同。韻李希烈唱　佇看俺　端旒冕享尊崇。韻　管敎恁　分茅土受褒封。韻衆擁護李希烈全從下場門

下四將吏二判官引採訪使者從上場門上白 李希烈

受唐朝大恩、不思報答、反欲謀叛、天理難容、好教他既受人誅、更遭冥罰、唱

慶餘

只爲他 潢池小寇把 兵戈弄。韻 致使那 三湘七澤都騷動。韻 烘天的 烽火通紅。韻 驚心的 滿目哀鴻。韻 對着這 殘山剩水迷茫夢。韻 忍見那 百室千家一霎空。韻

白 李希烈、唱 恁 滔天罪多深重。韻 怎免得劍嘯芙蓉。韻 一任伊造惡無窮。韻 自有箇 湛湛青天秉至公。韻 衆引

採訪使者仝從下塲門下

第六齣　傅長者垂訓傳家　古風韻

小旦扮金奴穿衫背心繫汗巾引旦扮劉氏穿襖帶數珠從上場門上唱

仙呂宮引　鵲橋仙　和靄年光。句　冲融天氣。韻　芳草漸回春意。韻　鏡中兩鬢早星星。句　歎近日不禁憔悴。韻　中場設椅轉場坐科白鷓鴣天　天地陽回萬物春、韶光滿目可娛人、融融淑氣催黃鳥、澹澹晴光轉綠蘋、金奴白　花片吐、柳絲新碧琉璃滑浸春雲、劉氏白 眼前景物堪遊賞、莫待殘英作路塵、金奴、金奴應科劉氏白 你去吩咐廚下、整備香茗蔬食、候員外一同賞翫、金奴應科外扮傅相戴巾穿氅帶數珠從上場門上唱

仙呂宮引 望遠行 仲春至矣。韻 滿目花開錦綺。韻 場上設椅各坐科生扮羅卜戴巾穿道袍帶數珠從上場門上末扮益利戴羅帽穿屯絹道袍繫鑾帶帶數珠隨上羅卜唱

撚指光陰、讀 却似白駒過隙。韻 作見揖科衆全唱

喜

看家室和平。句況值風光佳麗。韻幸安居昇平盛世。韻

場上設椅羅卜坐科傅相白 安人、我想人生寄世、多賴天地神明、日月星辰、吾家不惜資財、周濟貧民、每逢朔望、焚香拜禱、願天常生好人、願人常行好事、欲使後來子孫、不移我志、劉氏白 員外有此心田、自然增福延壽、傅相白 安人、我今誠心向善、未知你意何如、劉氏白 夫心向善、妻意當從、傅相白 我兒、羅卜應科傅相白 你意何如、羅卜白 孩兒亦隨父母、決不改移、傅相白 如此甚

妙、我已寫下三道疏文、我夫妻父子、對天立誓、永無變更、以全其後、劉氏羅卜白正是如此、傅相白金奴、看香案伺候、各起隨撤椅科場上設香案益利遞香傅相拈香禮拜科雜扮四將吏各戴將巾穿蟒箭袖排穗持符節雜扮二判官各戴判官帽穿圓領束角帶持筆簿引雜扮採訪使者戴嵌龍幞頭穿蟒束玉帶從上場門偕上後場立科傅相唱

越調集曲山桃紅下山虎首至四句香焚爐內。韻禱告神祇。韻傅相虔

心意。韻望天周庇。韻小桃紅七至合我正要修來世。韻妻與子願相隨。韻但能彀善緣就、讀行無虧。韻永保家門盛句也。格下山虎八至末代代兒孫歌燕翼。韻內奏樂雜扮功曹戴功曹帽穿雁翎甲掛年值牌持馬鞭從上場門上盆利取疏焚化功曹接疏從昇天門下判官作書簿科傳相唱合再拜天和地。韻鑒察無遺。韻立誓持齋永不移。韻金奴遞香劉氏拈香禮拜科唱

又一體

三光照地。韻立誓無違。韻劉氏隨夫意。韻共存

陰隲。韻一念念皆如是。句望神聖顯威儀。韻願今生不暫離。讀添眉壽百歲期。韻家道平安穩。句也。格福壽康寧百事宜。韻內奏樂雜扮功曹戴功曹帽穿雁翎甲掛月值牌持馬鞭從上場門上金奴取疏焚化功曹接疏從昇天門下判官作書簿科劉氏唱合再拜天和地。韻鑒察無遺。韻立誓持齋永不移。韻益利遞香羅卜拈香禮拜科唱

又一體

虔心誠意。韻訴說因依。韻羅卜隨親志。叶善孝

當爲。韻願效取先賢輩。韻順親是禮無虧。韻今日裏對
神祇讀從親命謹遵依。韻常辦善行心。句也。格保佑椿
萱福壽齊。韻內奏樂雜扮功曹戴功曹帽穿雁翎甲掛
日值牌持馬鞭從上場門上益利取疏焚化功曹接疏
從昇天門下判官作書簿科羅卜唱合再拜天和地。韻
鑒察無遺。韻立誓持齋永不移。韻隨撤香案衆將吏引
採訪使者從下場門暗下場上設桌椅科劉氏白立誓
已畢、所有香茗蔬食、少坐片時、金奴向下捧茶隨上各

送茶科衆各坐科唱

南呂宮正曲　懶畫眉　夫妻父子在名園。韻　立誓投詞答上天。韻　皇王有道樂安然。韻　九州四海民於變。韻合　一統山河萬萬年。韻羅卜唱

又一體　人生百行孝爲先。韻　孝善兼修始克全。韻　願親壽算永綿綿。韻似　蒼松翠柏常康健。韻合　老幼身安賴上天。韻傅相白　安人我與孩兒前往會緣橋上周濟、倘有尼師到來、雖爲禪類、却是女流、若有來者、你可親自

款待、劉氏應科各起隨撤桌椅科分白

寶鼎焚香靉霧氤、善緣從此結良因、不作風波於世上、並無氷炭到家門、傅相羅卜益利各作出門從上場門下劉氏金奴從下場門下

勸善金科　第一本　三

勸善金科第一本卷上

第七齣　赴齋筵衆尼說法　眞文韻

雜扮四尼姑各戴僧帽穿水田衣繫絲縧帶數珠引老旦扮尼貞靜戴僧帽穿老旦衣繫絲縧帶數珠持拂塵從上場門上全唱

南呂宮正曲　一江風　住空門。韻 諸妄俱捐盡。韻 一念慈爲本。韻 到黃昏。韻 靜坐蒲團。句 佛火餘殘燼。韻合 如逢善信人。韻 如逢善信人。疊 同修清淨因。韻 向他行默默傳心印。韻分白 蕩蕩乾坤似掌平、一塵不到自然清、靈臺悟得無生理、月在寒潭靜處明、貞靜白 吾等清淨庵中尼僧是也、聞得傅長者在會緣橋上賑濟齋僧、我等女流且到安人粧次探問一番、來此已是、四尼姑白 師傅向前、貞靜白 門上有人麽、丑扮齋童戴羅帽穿屯絹道袍繫鑾帶從下場門上白 來了、是那箇、作出門科白 衆位師傅那裏來的、貞靜白 我們是清淨庵尼僧、特來拜望安人、齋童白 少待、作進門科白 金奴姐、小旦扮金奴穿

衫背心繫汗巾從下場門上白 做甚麼、齋童白 今有清
淨庵尼僧、特來拜望安人、金奴白 曉得了、安人、有清淨
庵尼僧來望、齋童隨從下場門下旦扮劉氏穿鞶帶數
珠從下場門上白 快備蔬齋伺候、金奴應科劉氏作出
門請衆尼姑進門科貞靜白 布施芳名遠近知、特來閫
閣謁慈悲、劉氏白 金刀落盡人間髮、玉體全披上界衣、
四尼姑作見禮科場上設椅各坐科劉氏白 請問尼師、
本住何鄉何郡、貞靜白 安人容禀、唱

又一體　出家人〇韻　到處皆鄉郡〇韻　踪跡無憑准〇韻　劉氏白　敢問法號何名、貞靜白　小尼名喚法華、號稱貞靜、唱剃烏雲〇韻　滾白　正是削髮除煩惱、戒葷斷業冤、剃烏雲、唱　把煩惱斷除〇句　與世無爭論〇韻合　閒雲一衲身〇韻　閒雲一衲身〇疊　飄蓬兩脚跟〇韻　叩高門　也則是　隨緣分〇韻

又一體　自清晨〇韻　焚起爐香噴〇韻　守律惟嚴謹〇韻　誦經文〇韻　懺悔業冤〇句　把　罪障消磨盡〇韻合　先當淨六根〇韻　先當淨六根〇疊　還須斷六塵〇韻　心虛寂空諸蘊〇韻　劉氏

白金奴看茶來、金奴應科從上場門下劉氏白　師傅、言雖如此只恐禮佛難成佛、看經不解經、雜扮二梅香各穿衫背心繫汗巾捧茶隨金奴從上場門上各送茶科貞靜白　豈不聞佛語云、阿彌陀佛、只在此心、心悟者頭頭遇佛、心專者步步生蓮、休疑休疑、金奴二梅香各接盞仍從上場門下金奴隨上劉氏白　師傅、唱

雙調集曲　江頭金桂　五馬江兒水首至五　憶昔于歸傅門。韻　伴夫君修此身。韻　雖則是共同盟誓。句　普結良因。韻　心意兒還同

出岫雲○韻　金字令　幾番間反覆思忖○韻　滾白　又道是
人生老邁　唱　難再青春○韻　無奈光陰瞬息○句　白髮催人○
韻不似那　五至九　春到年年花又新○韻　桂枝香　七至末　我員外善行
心勝○句　修持惟謹○韻　合今又喜遇師尊○韻　須叨佛力開
懵懂○句　指我迷途脫苦輪○韻　貞靜唱
又一體　若論修行根本○韻　在吾身念要純○韻　雖云佛在
靈山○句　只要心意肫肫○韻　休得要向外邊閒尋問○韻　白
老安人　唱　且自禮誦晨昏○韻　心空五蘊○韻　還要念消諸

妄。句到那 豁透佛門。韻自能 入聖超凡離世塵。韻白 豈
不聞天命之謂性、率性之謂道、唱 論世人同天同性。句
只在 自身心信。韻合但得箇 念長存。韻會看 水到渠成
日。句將見 花開大地春。韻劉氏唱

雙調正曲 聽師語。句 廣我聞。韻 人當信心禮世尊。韻

白 修行之念、一向全無、因見夫君信心、滾白 我只得勉
强依從、今聽尼師之語、茅塞頓開、唱從今 早暮必勤修。
句 步向竿頭進。韻各起隨撤椅科劉氏白 老師端坐、待

我拜你爲師、作禮拜科衆尼姑答禮科衆全唱合喜得相逢處。句却是解悟人。韻言下便了了。句何用把話頭問。韻貞靜唱

又一體

經三藏。句我佛云。韻慈悲大開方便門。韻但能敬信皈依。句轉瞬處靈山近。韻衆全唱合喜得相逢處。句却是解悟人。韻言下便了了。句何用把話頭問。韻劉氏白請進裏面款待一齋、衆虛白全從下場門下

第八齣　擡米價大戶欺貧　皆來韻

雜扮衆百姓各戴氈帽穿各色道袍持布袋仝從上場門上分白

我們是這汴梁城的百姓因爲我們這裏荒旱了三年五穀不收俺這百姓們好生艱難地方上只有一箇財主張員外家私百萬積米盈倉只是爲人狠惡放債七十兩當一百加一利錢三箇月不還利上起利或是折

準入田地房產或是將人兒女抵償少不遂心輕則惡
打重則送官今因年歲荒旱開倉賣米聽得說米價是
八兩白銀糴一石細米如今又改了十兩一石米中又
摻上些泥土糠粃出的是八升的小斗入的是加三的
大秤我們明知這箇買賣和他難做只是除了他家又
沒處糴米教我們大雪中怎生餓得過沒奈何只得各
家湊了些銀子且買些米去救命可早來到他家門首
張大叔丑扮張旺戴羅帽穿屯絹道袍繫鑾帶從上場

門上作出門科白　你們是那裏來的、衆百姓白　我們是本處百姓、特來買米的、張旺白　待我請員外出來開倉你們住着、衆百姓應科仍仝從上場門下張旺作進門科白　員外有請、外面有人買米、淨扮張捷戴員帽穿無補圓領繫儒縧從上場門上唱

仙呂宮引　天下樂　積玉堆金百萬財。韻　損人利已我能哉。韻

但知爲富多機械。韻　吸盡窮民骨髓來。韻　中場設椅轉場坐科白　自家姓張名捷、字節之、家住汴州、名傳遠近、

囊中廣有金銀、生性不行方便、見佳人即起謀心、遇黃金那顧親戚、每日勞勞碌碌、徒盡心機、半生無男無女那知學好、今遇歲荒、將家中所積米糧發賣、可得十倍之利、張旺、既是有人買米、你須仔細看銀子要緊、別樣假的也還好、單要防那四堵牆、休要着他哄了、張旺白 我都認得、員外放心、衆百姓仍全從上場門上白 怎麼還不見出來、張旺作出門科白 你們湊了多少銀子來買米、衆百姓白 我們衆人只湊了三十兩銀子、張旺白隨我進來、引衆百姓作進門科場上設桌上設天平賬簿張捷起隨撤椅科張捷白 張旺、取他們的銀子來上天平彈着、張旺應科虛白衆百姓付銀張旺上天平彈科衆百姓唱

仙呂宮正曲 六幺令

凶年無奈。韻 米顆如珠、讀 怎地安排。韻 勸君只當把義倉開。韻 行賑濟、讀 恤荒災。韻合 饑時一口的陰功大。韻 饑時一口的陰功大。疊

張捷白 你們這銀子、只㲉二十一兩、張旺白 還少九兩、衆百姓白 我們

的銀子還多五錢、倒不彀了、張捷白　這窮人們放刁、該
打、唱
　嗔伊無賴。韻　敢較少爭多、讀　口角弄乖。韻　天生
餓殺的潑喬才。韻　何處去、讀　覓嗟來。韻合　誰能有指囷
的高風在。韻　誰能有指囷的高風在。疊衆百姓白　員外
不要打、我們再添上些便了、隨作添銀張旺接銀科白
這還少些、將就他們罷、張捷白　既然銀子足了、開倉打
與他們米、張旺白　擡斛的出來、開倉了、雜扮二擡斛人

各戴氈帽穿喜鵲衣繫腰裙從下場門上張旺白每斛價銀五兩、銀三十兩、該米六斛、張捷白張旺、休量滿了、再打箇鷄窩兒、張旺虛白科衆百姓各作領米科張捷虛白從下場門下張旺二擡斛人隨下衆百姓作負米出門科白這米只有兩石四斗、內中又有些泥土糠粃、春將來、還不㲄兩石來的米、也是我們的命、受這般磨滅、正是醫得眼前瘡、剜却心頭肉、全從下場門下

第九齣 憐貧困鬻子養母皆來韻

生扮陳榮祖戴巾紮包頭穿破補衲衣繫腰裙從上場門上唱

高宮套曲 端正好

喫緊的路難通。句俺可也家何在。韻休道是乾坤老山也頭白。韻似這等凍雲萬里無邊界。韻肯分的俺兩三口離鄉外。韻中場設椅轉場坐科白我陳榮祖母親李氏渾家張氏孩兒長壽嫡親四口家屬自應舉去後命運不通功名未遂這也罷了但從應舉之時借那張員外本銀二十兩未及年半將所有田產房舍盡行算去還少他五兩利銀是少他不得的正值暮冬天氣大風大雪衣食尚且艱難老母又病危牀褥那有銀子還他不免喚娘子出來商議一番起隨撤椅科

白娘子（旦扮張氏穿衫繫腰裙從上場門上白）千山鳥飛絶萬徑人蹤滅（陳榮祖白）孤舟簑笠翁獨釣寒江雪

張氏白　似這般風又大雪又緊眼見得一家兒都是凍

餓死了、陳榮祖白 娘子、我有句話、只是、作住口科白 不好説得、張氏白 有何話説、陳榮祖白 比似我這等饑寒、將這孩兒與了人家、得些身價供給母親、多少是好、張氏白 若與了人、倒也强如凍餓死了、只看那樣人家養得活、便與他去罷、陳榮祖白 娘子、我還欠張員外利銀五兩、是不敢少他的、不如將孩兒賣與他家、算清利錢、再找幾兩、供奉母親、度過殘年、你道如何、張氏白 官人所言極是、陳榮祖白 娘子、你可領了孩兒、隨後就來、待我先到張員外家說去、張氏應科陳榮祖作出門張氏作掩門科仍從上塲門下陳榮祖白　出得門來好大雪、正是柳絮三冬先北地梅花一夜徧南枝、來此已是他家門首張大叔、丑扮張旺戴羅帽穿屯絹道袍繫縧帶從上塲門上作出門科白　秀才、你來還銀子麼、陳榮祖白　銀子、是沒有、張旺白　既然無銀子、到此怎麼、陳榮祖白　大叔、我有親生兒子、年方十二歲、如今要賣與員外家算清利錢、再找幾兩銀子、救濟老母度日、望大叔方便、張旺白　我看你也是出於無奈賣子養親、也是爲子孝心待我與員外說去、作進門科白　員外有請、淨扮張捷戴員帽穿無補圓領繫儒縧從上場門虛白上中場設椅坐科白　張旺、我教你討取陳秀才利銀、爲何至今不還、好不會幹事、請我怎麼、張旺白　員外、陳秀才已在門外、他家委實赤貧、分文難措、只有親生一子、年方十二歲、要賣與俺家、抵淸舊欠、再找幾兩、養他母親、張捷白　如此使得、我若不要他的兒子、他也沒銀子還我、你

叫他進來見我、張旺應科作出門科白 秀才、員外喚你
進去、引陳榮祖作進門科陳榮祖白 員外拜揖、張捷白
住了、我兩箇眼裏偏生見不得你這窮酸、張旺、你且教
他靠後些、陳榮祖白 難道這箇所在、我就站不得麼也
罷、我學生倒要站站了、張旺白 秀才、你依着員外說靠
後些、他有錢的就是這等性兒、陳榮祖作出門科白 我
這窮的好不氣長、張捷白 張旺、咱要買他那小的、也要
立一紙文書、張旺白 員外先打箇稿兒、場上設桌上設

筆硯科張捷白　好、我說你寫、張旺應科入桌作寫文書科張捷白　立文書人陳秀才因爲無錢使用、口食不敷、難以度日、情願將自已親兒某人、年幾歲、賣與財主張老員外爲僕、張旺白　誰不知員外有錢、只寫員外彀了、又要那財主兩字做甚麽、張捷白　張旺、難道是你擡舉我的財主、我不是財主、難道叫我做窮漢、張旺白　是是財主、張捷白　那文書後頭寫道、當面言定、付價多少、立約之後、兩家不許反悔、若有反悔之人、罰寶貫鈔一千貫與不反悔之人使用、恐後無憑、立文書永遠為照、張旺白寫有了、反悔之人罰寶鈔一千貫、他這賣身錢可是多少、張捷白這箇你莫管、我是箇財主、他要得多少、我指甲裏彈出來的、他也喫不了、張旺白是我拿了稿兒、與那秀才看去、出桌隨撤桌科張捷從下場門下張旺作出門科白秀才員外着你立一紙文書、陳榮祖白大叔怎生寫、張旺白俺員外這裏有箇稿兒、陳榮祖白待我來看、作看文書科白立文書人陳秀才、因為無錢使用日食不敷難以度日情願將自己親兒某人年幾歲賣與財　作住口科白　大叔這財主二字不消上文書罷　張旺白　員外要這等寫你就寫了罷隨我進來　張氏引小生扮長壽戴小兒巾穿破道袍從上場門上陳榮祖白　娘子你們都來了隨我進來　全作進門科場上設桌上設筆硯科陳榮祖白　便依着寫　張旺白　這文書不打緊有一件要緊事　陳榮祖白　甚麽要緊的事　張旺白　員外說後面寫着如有反悔之人罰寶鈔一千貫與不反

悔之人使用、陳榮祖白 大叔那反悔的罰寶鈔一千貫、我這正錢、可是多少、張旺白 適纔員外說、我是箇巨富的財主、他要得多少呢、指甲裏彈出來的、教你也喫不了、陳榮祖白 也說的是、將紙筆來、張旺白 在那裏了、張旺虛白科從下場門下陳榮祖入桌作寫文書科唱

高宮套曲 滾繡毬 我這裏急急的研了墨濃。句便待要輕輕的下了筆畫。韻長壽白 爹爹、你寫甚麼、陳榮祖白 我寫的是字嗄、長壽白 寫的是甚麼字、陳榮祖白 我寫的是

借錢的文書、長壽白 借那一箇的、陳榮祖白 我寫了再
與你說、長壽白 我知道了、敢是要賣了我麽、作哭科陳
榮祖唱這是我 不得已無如之奈。韻長壽白 可知道無
奈、只是活便一處活、死便一處死、怎忍得賣了我、作哭
科陳榮祖白 想俺父子的情義呵、唱 可着我斑管難擡。
韻這 孩兒情性乖。韻是他娘 腸肚摘下來。韻今日將父
子情 都撇在 九霄雲外。韻則是俺這 兩三口 生格扎兩
處分開。韻張氏作哭科唱做娘的 傷心慘慘刀剜腹 句

陳榮祖唱做爹的滴血簌簌淚滿腮。韻全唱似郭巨般活把兒埋。韻陳榮祖作寫完文書場上隨撤桌科張旺從上場門上白秀才、文書寫有了麼、陳榮祖白寫完了、作付張旺科張旺白陳秀才、文書不打緊花押是要緊的、陳榮祖虛白科張旺白你們且出去、我將這文書與員外看去、陳榮祖白是、我們出去、仝作出門科張旺白員外、他寫了文書了、請員外看、張捷從上場門上作看文書科白今有立文書人陳榮祖、因爲無錢使用、口食不敷難以度日情願將自已親兒長壽年十二歲賣與財主張老員外爲僕寫的好 袖文書科白 張旺你叫那小的進來我看看 張旺作出門科白 秀才員外要你孩兒看看 陳榮祖張氏作哭科白 兒嗄你在他家比不得在父母身邊早晚須要勤慎小心免討罪戾 長壽白 我不去 張旺作扯長壽進門科白 隨我進去員外與你果兒喫員外請看好箇孩子 張撻白 這小的就是麼果然好箇孩子過來叩頭 長壽作哭科白 我不在你家裏 張

捷作怒打科白　這狗弟子孩兒好可惡、張旺白　他父母還不曾去怎麽就打起他來了、長壽作哭科白　爹爹他們打殺孩兒了、張捷白　張旺、帶這小廝進去、這等可惡

張旺隨抱長壽從下場門下隨上陳榮祖作見打長壽怒科白　好氣死我也、唱

高宮套曲　偷秀才　俺孩兒也　差着一箇字千般的見責。韻白　那員外好狠也、唱　那員外伸着五箇指十分便摑。韻打的他　連耳通紅半邊腮。韻說又不敢高聲語。句哭又不

敢放聲哀。韻他則是偷將淚揩。韻白　張大叔、早些打發

敢放聲哀。韻他則是偷將淚揩。韻白張大叔早些打發
我們去罷、張旺應科白我着員外打發你們去、張捷白
那秀才去了麼、張旺白那秀才他怎麼肯去、還沒有給
他賣身的錢、張捷白甚麼賣身錢、隨他與我些兒罷、張
旺白員外、他爲無錢、纔賣兒子、怎麼倒要他的錢、張捷
白張旺、你好沒分曉、他因爲無飯養活孩子、纔賣與我
如今要在我家喫飯、我可不問他要錢、倒問我要錢、張
旺白好說話、他辛辛苦苦、養這孩子一塲、一旦賣了、專

等員外與他些錢救濟他母親倒要他的錢、張捷白那秀才不敢要都是你搗鬼、張旺白小人不敢搗鬼、張捷白也罷、待我認箇晦氣、與他些兒小的們開庫、內應科張旺白好了、員外開庫了、張捷作向下取錢科白張旺、與他一貫鈔、張旺白這麼一箇孩子、怎麼與他一貫鈔忒少、張捷白一貫鈔上面有許多寶字、你休看輕了、你便不打緊、我便似挑我一條筋、倒是挑我一條筋也熬得過、要打發出這一貫鈔、更覺艱難、你去與他他是箇

讀書之人、有箇要與不要、也未可知、拿去、作付張旺科

從下場門下張旺白 我便依着員外與他去、作出門科

白 秀才、這是員外打發你的、陳榮祖作羡視科白 多少、

多少、張旺白 打發你一貫鈔、陳榮祖作冷笑科白 一貫

鈔、豈是買得一箇孩兒的、想我這孩兒呵、唱

高宮套曲 滾繡毬 他也曾 三年乳哺十月胎。韻 似珍珠掌上

擡。韻 甚工夫養得 他 若大。韻 須不是半路裏拾的嬰孩

韻 我 雖是箇 窮秀才。韻 他 覷人忒小哉。韻 那些箇公平

買賣○韻量着這一貫鈔值甚錢財○韻白 員外、你的意思、我也猜着了、唱 他道我貪他香餌終吞釣○句 我則道留着青山怕沒柴○韻 掙得箇擲筆巡街○韻 張旺白 你且不要着急、待我和員外說去、作進門科白 員外、張捷仍從下場門上坐科白 他要不要、張旺白 還你這一貫鈔、張捷白 我說他不要、張旺白 他嫌少、張捷白 怎麽他嫌少、常言道有錢不買開口貨、因他養活不過、纔賣與人、我不要他還飯錢就彀了、倒要我的鈔、我想來都是你背地裏挑唆他、你如今去說白紙上寫着黑字、兩家不許反悔、若有反悔之人、罰寶鈔一千貫、與不反悔之人使用、這便是他反悔着他拿一千貫錢來、張旺白 員外、他有一千貫鈔、也不賣兒子了、張捷白 你去說與他、我是不添的、張旺應作出門科白 秀才、員外決不肯添、你拿了這一貫鈔去罷、陳榮祖白 好氣殺我也、如今世上這有錢的度量呵、唱

高宮套曲 倘秀才 做不得三江也那四海。韻 便受用呵 都不

到十年五載。韻我罵罵你箇勒掯窮民的狠員外。韻或是有人家典緞疋。句或是有人家當環釵。韻你則待加一倍放解。韻張捷起作出門塲上隨撤椅科張捷白這窮酸還不曾去麽、陳榮祖唱

高宮套曲　塞鴻秋　快離了他這公孫洪的門程外。韻陳榮祖張氏虛白仍從上塲門下張捷作見張氏科白不料這窮酸倒有這樣一箇標致的老婆、待我用計留他在此、張旺、你對那窮秀才說、他那孩兒年小、離不得娘、可留

他妻子在此住兩日、我自好茶好飯相待、張旺白 陳秀才、員外叫你說話、陳榮祖仍從上場門上白 娘子、你先回去、我隨後就來、張氏內應科陳榮祖白 員外既不肯出錢、休要作耍、我今去也、唱再 休想 漢 孔融 北海 開樽待。韻張捷白 張旺、喚他回來、我還添與他些寶鈔、張旺白 秀才、你回來、員外與你添錢、陳榮祖唱 多謝你范 堯夫肯付舟中麥。韻白 員外呵、唱怎不學龐 居士預放來生債。韻張捷白 這廝敢罵我、好生無理、作推倒陳榮祖

科陳榮祖唱他他他他則待掐破我三思臺韻張捷白

這窮酸好意留你妻子照看你孩兒倒不識好作打陳

榮祖科張旺虛白發諢科張捷張旺作進門科仍從下

塲門下陳榮祖唱他他他他可便擷破我天靈蓋韻早

早早早跳出了齊孫臏這一座連環寨韻

隨煞

別人家便當一年容贖解韻他巴到五月還錢本

利該韻納了利從頭兒再索取句還了錢文書上厮混

賴韻似這等無仁義愚濁的却有財韻偏着俺有德行

聰明的嚼虀菜○韻八字兒窮通運怎安排○韻則除非天打算禍到來○韻發疔瘡是你富漢災○韻惡傷寒着你有錢的害○韻有一日賊打劫火燒恁院宅○韻直待要犯法遭刑你可便那時改○韻仍從上場門下雜扮四將吏各戴將巾穿蟒箭袖排穗捧寶劍印盒弓箭令旗雜扮二判官各戴判官帽穿圓領束角帶持筆簿引雜扮採訪使者戴欹龍幞頭穿蟒束玉帶從上場門墻上後場立科張捷張旺仍從下場門上張旺白員外、他已去了、張

捷白　他去便去了、我倒有些放不下他的老婆、如何得他來方好、有了、目今李希烈在蔡州作反、我如今差人首他是李希烈的奸細、拿到獄中、再費些銀子、暗害死他、那婦人孤身、況有兒子在我處、那時不怕他飛上天去、好計、好計、作入桌寫狀判官作書簿科衆將吏引探訪使者從下場門暗下張捷白　張旺、叫來保來、張旺白　來保那裏、丑扮來保戴氊帽穿喜鵲衣繫腰裙從上場門上白　來了、小子苦伶仃、終朝走不停、不是飯兩碗就是酒三瓶、作見科白 員外有何吩咐、張捷白 來保、飯兩碗酒三瓶、是從那裏來的、來保白 賴員外的福、張捷白 旣是賴我的福、我有件事你可替我幹得麼、來保白 除非上天不會、張捷白 不教你上天只教你告人、來保白 告那一箇、張捷白 告那陳秀才是李希烈的奸細、來保白 那陳秀才不是奸細、我如何告他、張捷白 只要你到觀察使衙門擊鼓、說是密首奸細事、今有秀才陳榮祖、乃李希烈差來奸細、潛藏境內、謀爲不軌、那時差人同你去拿、指引與他、就完了你的事了、來保白萬一問出不是奸細、我豈不是謊告、那時怎了、張捷白我自有處置、你須速去、回來重重賞你、給你狀子、來保作接狀子科白事到頭來不自由、張捷白三人不可洩機謀、張旺白教他雖無紀信難、仝白算來也有屈原愁、來保虛白從下場門下張捷白來保此去出首了、那陳榮祖穩定是箇死罪、即日就可以娶他妻子爲妾了、我好快活嗄、張捷張旺仍從下場門下

第十齣　恃富豪陷夫謀妻　先天韻

丑扮來保戴氊帽穿喜鵲衣繫腰裙從上場門上白　自家來保是也、奉我家員外之命、教我出首陳榮祖、是李希烈的奸細、受人之托、必當終人之事、來此已是觀察使衙門、你看體統威嚴、門庭肅靜、待我擊鼓、自然有人來問、作擊鼓科雜扮中軍戴中軍帽穿中軍鎧從上場門上白　甚麼人擊鼓、來保白　出首奸細的、中軍白　可有狀子、來保白有狀在此、隨付狀子中軍接科白夜不收那裏、雜扮二夜不收各戴鷹翎帽穿布窄袖繫搭包從上場門上應科中軍白你二人將這漢子看守在此、待我進去稟知觀察老爺、二夜不收應科中軍從下場門下持籤隨上白夜不收、觀察老爺差你二人速拿奸細陳榮祖、不可縱放、取罪不便、可帶出首人來保作眼、二夜不收應科中軍付籤一夜不收接科中軍仍從下場門下二夜不收帶來保從下場門下末扮差官戴將

巾穿蟒箭袖卒御持令箭從上塲門上白 一心忙似箭、
馬走疾如飛、來此已是汴州觀察使衙門、不免擊鼓、作
擊鼓科中軍從上塲門上白 有何文書、差官白 目今李
希烈作反、攻陷汝州一帶地方、奉節度使李老爺將令、
差觀察使老爺督餉、事關軍機、不得有違、中軍應科從
下塲門下差官仍從上塲門下二夜不收同來保鎖生
扮陳榮祖戴巾穿破補衲衣從上塲門上二夜不收白
任你行藏詭詐、難逃法網森嚴、陳榮祖拿到、中軍仍從

下場門上白　老爺有緊急公差、即刻起身、不及審理、將此奸細、發到汴州知州處、重責四十板、下監看守、不可疎虞、可將出首人來保、一併帶去便了、仍從下場門下二夜不收應科白　上命差遣、葢不由己、衆作到科一夜不收白　來此已到州衙了、夥計、你可帶着待我去通報、一夜不收白　有我看守着他、你快去傳稟、一夜不收白皂班傳鼓、請老爺登堂理事、雜扮一皂隸戴皂隸帽穿箭袖繫皂隸帶從上場門上白　是那衙門差役、爲什麼事情到此、夜不收白 是觀察老爺衙門發下來的、請老爺坐堂、自當面稟情由、皂隸白 旣如此、待我卽便傳稟便了、吩咐傳梆、請老爺陞堂、內傳梆科雜扮三皂隸各戴皂隸帽穿箭袖繫皂隸帶引副扮李不達戴紗帽穿圓領束金帶從上場門上唱

黃鐘宮引 天仙子 美酒自斟何用勸。韻 醉臥從教堆案卷。韻 梆聲何事苦喧傳。韻 頭正眩。韻 脚猶軟。韻 强起披衣情思倦。韻 場上設公案桌椅轉場入坐科白 下官汴州州

牧李不達是也正然醉臥衙齋忽聞傳梆必然有甚緊急公務爲此勉强陞堂理事一皂隸白稟上老爺有觀察使老爺衙役帶來要緊人犯到此傳梆請老爺陞堂理事李不達白原來這樣快喚差役過來皂隸應科作出門科白夜不收老爺喚你一夜不收白夥計你看好了他待我進去稟明了方好帶他進去一夜不收應科一夜不收白夜不收進作進門跪叩科李不達白貴差有甚緊急要務到此夜不收白稟上老爺小的遵奉觀

察老爺鈞旨今有反叛李希烈的奸細名喚陳榮祖發到老爺臺下着將他先行重責四十即便監禁牢獄須要用心看守

李不達白　如此將首人犯人一并帶進來

夜不收應科作出門科白　將首人犯人一并帶進去

二夜不收報門帶陳榮祖來保進門科二夜不收白　犯人一名陳榮祖出首人一名來保

李不達白　陳榮祖你是何等樣人竟做反叛的奸細從實說上來

陳榮祖白　老爺念陳榮祖乃係斯文一脈爲因應舉之時拖欠張員

外的銀兩賠累一空產業盡廢若說什麼反叛的奸細是毫無影響李不達白現有首人質証你還要抵賴麼來保白老爺他與反叛交通是實每每情弊顯然因小的與陳榮祖是近鄰恐怕日後干連所以出首李不達白陳榮祖你可從實招來陳榮祖白爺爺念陳榮祖呵

唱

南呂宮正曲　大迓鼓　因逢應舉年韻借豪門私債讀充做盤纏韻他不惟尅剝欺良善韻又憑空誣陷首臺前韻合

伏望推詳、讀　超豁大冤。韻李不達白　這奴才、明明是逆
黨了、還敢强辯、唱
我　明同秦鏡懸。韻　從來聽訟、讀　民不稱冤。韻　你
怎與　亂臣私地來通線。韻白　你如今就賄賂我千金、也
饒不得你的罪、唱　況我是　清官公道不貪錢。韻合　折獄
何難、讀　只用片言。韻陳榮祖白　求老爺推詳寬恕、李不
達白　你這狗頭、既做反叛的奸細、還要抵賴、左右、將陳
榮祖扯下去、重打四十、四皂隸應科作扯陳榮祖打科

李不達白　你這厮既與叛逆交通、有玷斯文體統、可將黑墨塗臉、與他上了刑具、帶去收監、四皂隸應科一皂隸帶陳榮祖作出門科仝從下場門下李不達白　將出首人來保、可即召保候傳、二夜不收應科仝來保作出門科從上場門下李不達起隨撤公案桌椅科李不達白　正是饒你人心似鐵、難逃官法如爐、吩咐掩門、衆應科仝從下場門下

第十一齣　賄獄卒孱儒殞命　齊微韻

丑扮禁子戴棕帽紮包頭穿窄袖繫搭包從上場門上

白

從來獄底最無情、此間不是慈悲地、自家汴州知州獄中一箇禁子是也、今有上司發來囚犯一名陳榮祖、州牧老爺傳下、不許他親戚往來、不免喚他出來收拾一番、陳榮祖過來、生扮陳榮祖戴髮網穿破補衲衣繫腰

勸善金科　第一本卷上

裙帶枷杻從上場門上白大哥、有何吩咐、禁子白管山靠山、管水靠水、你既到這裏、燈油錢、柴火錢、也該送來、陳榮祖白大哥、小人被誣到此、那得錢來與你、禁子白沒有錢、與我上匣牀、陳榮祖白大哥、冤枉事、沒奈何可憐、禁子白夥計、把那匣牀擡出來、雜扮二獄卒各戴椋帽穿窄袖繫搭包擡匣牀從下場門上陳榮祖作跪求科禁子虛白作捉陳榮祖上匣牀科禁子獄卒各虛白仝從下場門下旦扮張氏穿衫繫腰裙提飯籃從上場

門上白　天有不測風雲、人有旦夕禍福、我丈夫不知被何人陷害、驀地拿到汴州、打的七死八活、送下牢中去了、老婆婆十分病重、不敢對他說此情節、向鄰舍人家、借得銀米做口飯食、到監中送與他喫、正是傷心千點淚點點痛入腸、來此已是獄卒哥、可憐見開一開門、禁子仍從下場門上白　什麼人、張氏白　奴家是送飯與丈夫喫的、禁子白　你丈夫是誰、張氏白　陳榮祖、禁子白　自古牢獄不通風、你丈夫是奸細重犯、不許親戚往來、張

氏白　禁長哥可憐見平人寃枉望乞開門　禁子虛白作開門張氏進門禁子復關門科張氏白　我丈夫在那裏　禁子白　走過來在這裏　禁子虛白仍從下場門下張氏白　呀丈夫嗄　唱

商調正曲　山坡羊　眼昏昏　讀　如迯如醉　韻　軟咍咍　讀　低聲弱氣　韻　白　看他這般光景呵　唱　好教我一層層　讀　鍼透肝腸　句　攢簇簇　讀　似箭排心肺　韻　血淋漓　韻　腥濃結滿衣　韻　驀然相見魂驚悸　韻　白　丈夫甦醒　唱　看他恍惚精神

讀實難由已。韻合沉迷。韻虛飄飄命怎期。韻誰知。韻實丕丕災共危。韻陳榮祖作醒科白獄卒哥可憐見、張氏白丈夫、奴家在這裏、陳榮祖白神思渺渺、像有人叫我、張氏白是你妻子在此、陳榮祖白呀、原來是我娘子、妻嗄、唱

又一體

黑濛濛、讀難分朝夕。韻痛生生、讀怎全肢體。韻冷颼颼、讀四下悲風。句濕淋淋、讀不斷千行淚。韻白我陳榮祖、今生無甚大孽、但不知前世作何冤報、受此苦

楚、禁子仍從下場門上張氏白　大哥、天上人間方便第
一、望大哥放他下來與他些飯喫、願大哥萬代公侯、這
是白銀一兩、送與大哥、望乞可憐、禁子接銀科白　也罷、
且放他下來、與他會一會、作放陳榮祖下匣牀陳榮祖
張氏相見哭科禁子向下喚獄卒上搭匣牀仝從下場
門下陳榮祖坐地張氏勸食科陳榮祖唱　實難呵。韻　百
般寃苦脾。韻可憐煞　調來親手羹湯醃。韻張氏滾白　夫、
你自幼讀書、何曾經此苦楚、雖然家貧、母子夫妻、朝夕

一處、一旦幼子、轉賣他人、老婆婆病危牀席、夫遭横禍、
旦夕難保、兀的不痛殺我也、陳榮祖張氏唱眼看扭斷
同枝、讀分開連理。韻合傷悲。韻這衷腸訴向誰。韻禁子
仍從下場門上白那婦人快些出去、再捱遲我就打了、
陳榮祖張氏唱分離。韻料從今萬劫違。韻禁子白天色
晚了、怕有人來查監、作開門推張氏出門張氏哭科仍
從上場門下禁子關門扭陳榮祖從下場門下副扮刑
吏戴書吏帽穿圓領繫鑾帶淨扮張捷戴員帽穿道袍

從上場門上刑吏唱

商調正曲 吳小四 貌山魑。韻 性蒺藜。韻 三十年來老滑宄。韻

白禁子那裏、禁子仍從下場門上作開門刑吏張捷仝作進門科禁子白 王相公、有何吩咐、刑吏白 早間發下來的罪犯陳榮祖、是李希烈的奸細、附耳科白 今晚須要氣絕、張捷各付刑吏禁子銀科刑吏張捷作出門科刑吏白 小心要緊、把這柵欄子兩邊都封好了、低唱 封着柵欄須緊秘。韻合 一條窮命怕怎的。韻 誰不識王刑

吏。韻虛白仝張捷仍從上場門下禁子作進門隨關門

仍從下場門下內作起更科陳榮祖從下場門上白

你聽一時鬨鬧想是刑房來禁夜了我陳榮祖流落壯年

不料結果在這箇所在唱

商調正曲 山坡羊

幼思量讀 讀書登第韻 誰料想讀 囫圇身繫韻滾白 我那母親病危旦夕倘有不測何人送死母親你生兒防老今日兩下分離不能見面唱 恨無端讀 魂遊異鄉句 盼雲山讀飛不到慈幃裏韻內打一更科

陳榮祖唱　聽更催。韻漏點多寧如淚。韻內作笑飲科陳榮祖白　一般監禁也有飲酒快活的、我陳榮祖身帶重傷、腹無半粒、唱　那。牢中也有歡娛地。韻偏我酸丁、讀凄涼憔悴。韻合　忍饑。韻腹便便只是饑。韻無衣。韻剪文章不是衣。韻作跌倒科丑隨意扮更夫持燈籠從下場門上口作打更發諢科禁子持囊首從上場門上忽值更夫虛白發諢科更夫從上場門下禁子白　世上酷官催命鬼、獄中禁子殺人精、奉刑房相公之命、要討這人氣絶、已經把囊首收拾好了、不免到那邊走走、少待一回、即忙動手便了、從下場門下內打二更作隱隱哭科陳榮祖白隔壁啼哭之聲、啾啾唧唧、好傷感人也、唱

又一體

一聲聲、讀蟲吟敗壁。韻一更更、讀譙樓鼓疾。韻慘離離、讀何人叫天。句莽蒼蒼、讀管不到這閒螻蟻。韻白這光景、像與我苦楚一般、唱苦痛悲。韻似刀刺人肝肺。韻宛似生龜解殼釜中泣。韻痛毒煩寃、讀如我榮祖已。韻合凄凄。韻聽聲兒即漸低。韻堪疑。韻看燈兒即漸

微。韻禁子持囊首從上場門上二獄卒隨上各作欲動手科陳榮祖驚倒跪科唱

商調正曲 水紅花 魂顛夢倒好驚疑。韻影逃離。韻神號鬼泣。韻只見陰風慘慘襲人衣。韻命應危。韻垂頭待斃。韻高堂何人奉養。句妻子苦無依。韻合陡教我一靈未斷魄先離。韻也囉。格禁子獄卒仝作捉陳榮祖用囊首害陳榮祖氣絕科禁子唱

又一體 愁山怨海任悲啼。韻得財時。叶管教立斃。韻方

信我獄卒哥哥手段奇。韻白 霎時間死了、待我將他屍首、拖到後面去、夥計、獄卒應科禁子白 將他屍首、拖到後面去、仝作拖陳榮祖屍首從下場門下雜扮陳榮祖魂散髮搭魂帕穿破補衲衣繫腰裙從地井上禁子從下場門上作撞見驚怕科陳榮祖魂從左旁門下禁子白 你看陰風慘慘、明明見一鬼魂、赤脚蓬頭而出、諕死我也、唱 猛驚疑。韻 魂狂魄厲。韻 鬼形這般活現。句 幾陣冷風吹。韻合 諕得我 一身冷汗濕淋漓。韻 也囉。格內打五更作鷄鳴科禁子白天色已曉、待我報官只說陳榮祖、刑傷病故便了、喚獄卒科一獄卒從下場門上應科禁子作開門隨出門獄卒作關門科從下場門下禁子白正是獄裏催人命、如同殺隻鷄、從上場門下

第十二齣 遣媒婆病母亡身 皆來韻

旦扮張氏穿衫從上場門上唱

商調引 憶秦娥 飛災大。韻 冶長無罪遭冤害。韻 遭冤害。格 蒼蒼不遠、讀 報施何在。韻

白 妾身張氏、不幸丈夫不知被何人誣陷、身死獄中、婆婆本來有病、一聞此信十分悲痛、病上添病、日來更覺沉重、這便如何是好、我不免扶他出來、中堂坐坐、婆婆待媳婦扶你出來坐坐、作扶

老旦扮李氏穿老旦衣繫腰裙從上場門上場上設桌椅入坐科唱

又一體　年高已歎身衰邁。韻　病深更覺形疲憊。韻　形疲憊。格　奄奄一息。讀　死期應快。韻白　老身李氏、陳門之婦、不幸丈夫早亡、只有一子陳榮祖相依爲命、不想遭此不豐時歲、將孫兒賣與他人、豈知禍不單行、我兒又不知被何人誣陷、是李希烈的奸細、身死獄中、橫禍天災、這是那裏說起、如今婆媳二人、孤苦伶仃、無人倚靠、老病難扶只存氣息媳婦、張氏應科李氏白 可不苦殺你了兒、張氏白 人生在世誰無疾病兒遭横禍或是命所當然婆婆保重身體不必煩惱、李氏白 有生必有死有來必有去我若多活一日多累你受一日之苦不如早早死了罷、張氏白 婆婆休出此言媳婦侍姑理所當然

李氏唱

商調集曲 金絡索 金梧桐首至五 都應命運乖韻 致使家緣敗韻 貧缺虀鹽句 歲月已愁難捱韻 又無端横禍來韻 東甌令二至四

痛傷哉。韻　痛獄底冤魂誰掩埋。韻　慘聲直哭得天容改。韻鍼線箱第六句　怨氣應噓將日色霾。韻　白　媳婦、我今料不濟事了、生前衣食爲難、死後棺槨誰辦、我若死了時、只消一把乾柴、把屍焚了、送到祖墳上去、滾白　深深埋了、這便是你生前奉養、死後埋葬了、兒、唱解三醒合　我魂何在。韻懶畫眉第三句　隨風吹蕩化烟埃。韻寄生子合至末　似我這生也堪哀。韻　死也應該。韻　休再累伊看待。韻　丑扮張珏戴羅帽穿屯絹道袍副扮張婆穿老旦衣繫包頭從

上場門上張旺白　陳榮祖已死獄中、我員外差我兩口兒去勸陳娘子、嫁與我員外爲妾奉主人之命只得前去走遭、張婆白　來此已是、張旺白　媽媽叩門、張婆作叩門科白　裏面有人麽、張氏作開門科白　甚麽人、張旺張婆作進門虛白科張氏白　到此何事、張旺白　員外差我們來的、你丈夫在日借我家員外的銀子五十兩、特來取討、張氏白　我丈夫在日、借你家員外銀子、俱已還淸、後因利銀短少五兩、又將親生孩兒準與你家、那裏又有甚麼銀子、你家員外欺心幹這沒天理的事、張旺白既是這等說本錢你且慢慢還、你那兒子年小、在我員外家也不中用、你可將些銀子、贖他回來罷、張氏白大哥、唱

商調正曲 山坡羊 歲凶荒、讀 一家何賴。韻 世艱難、讀 半文莫貸。韻 舉目處、讀 環堵蕭然。句 況 老年姑 讀 病劇愁危殆。韻 紛莫解。韻 更 無人把難排。韻 張旺白 依你這等說、難道借了我家恩債、不該還的麼、張氏白 欠下你家的債

張旺白 正是、張氏白 有的有的、張旺白 原說有的、張氏
唱 是前生結下 結下 多冤債。韻 今世償伊、讀 讐山怨海。
韻合 裙釵。韻 話到傷心淚滿腮。韻 喬才。韻 提起刁頭怒
滿懷。韻 張旺白 媽媽、你在此與娘子講話、我到外面走
走去、作出門仍從上場門下 張婆白 娘子、既是一時不
能相還來、我與你外面講話去、張氏白 那裏去有話就
在這裏說、張婆白 娘子、我有句知心的話兒對你說、我
家員外、家私巨萬、現今缺乏子嗣、娘子容貌如花青春

尚少何不嫁與俺家員外做一房如夫人穿不了喫不了何等樣受用娘子你去想張氏作怒打張婆科張婆白我是好意怎麽就打起來張氏白此賊如此設心不良這等看來亡夫之禍一定是他誣陷的了唱

又一體

他妄想綰讀同心羅帶韻却暗築讀連環錦寨韻韻白賊嗄唱一任你讀惡計圖謀句我誓柏舟讀至死無移改韻心自揣韻恨花容是禍胎韻作推張婆出門復閉門科張旺仍從上場門上白媽媽怎麽樣了張婆

白我把好言勸他、他反倒打起我來了、張旺白不怕他飛上天去、且回員外的話去罷、張婆白說得有理、我和你同見員外去、全從下場門下李氏白媳婦、你方纔與那人說話、我已聞知、不如依從了他、你倒有一箇安身之處、張氏白婆婆說那裏話來、唱遭逢否運否運何時泰。韻貧病相兼、讀怎生佈擺。韻李氏全唱合胸懷。韻愁悶如山撥不開。韻形骸。韻消瘦如柴活不來。韻李氏作垂危科白不好、我這會身上發起寒來了、快扶我到房裏去罷、張氏白 婆婆保重身體耐煩將養、扶李氏出桌隨撤桌椅李氏作氣將絕科張氏痛哭虛白扶李氏從下場門下隨上白 我婆婆死了、一無所有、如之奈何、唱

慶餘 這送終的錢鈔向何人貸。韻縱剪下如雲髮有誰來肯買。韻只得哭上長街去求告來。韻作哭科仍從下場門下

第十三齣　傅相施恩濟貧窘　魚模韻

外扮傅相戴巾穿行衣帶數珠從上場門上末扮益利戴羅帽穿屯絹道袍繫鑾帶帶數珠背包隨上傅相唱

仙呂宮引　採春令　故人相見喜何如。韻　共聯牀聽雨。韻　悵人非麋鹿、讀　難長聚。韻　又復把歸與賦。韻白　我傅相因這汴州州守、是我故人、到此探望、兼慕中嶽嵩山景致、便道遊觀、不料到得此間、聞說李希烈在上蔡作反、人心

驚惶、益利、世路荒荒、我和你且回家去罷、益利應科傳

相白 你看路上倘有貧人、你便沿途周濟便了、益利白

理會得、仝從下場門下旦扮張氏穿衫繫腰裙從上場

門上唱

仙呂宮正曲 風入松

家貧無那喪親姑。韻有若箇哀憐這苦。

韻衣衾棺槨皆無措。韻滚白陳郎、婆婆枉自生你、不能

彀養老送終、你今渺渺茫茫、沉魂獄底、撇得你母死妻

單、怎的不來管顧了、夫、唱喪葬禮怎生區處。韻合痛煞

他娘兒並殂。韻看血淚滴將枯。韻淨扮張捷戴巾穿道袍從上場門上雜扮二家人各戴羅帽穿屯絹道袍繫縧帶隨上張捷白　好將壓善欺良意、來作尤雲殢雨心、那陳秀才母親已經病故、可奈他妻子不知道在那裏去了、作見張氏科白　前面是他娘子、張氏作見張捷背立科張捷白　你婆婆已故、你丈夫在日、借我本銀五十兩、如今料想你也沒有還我、况你兒子現在我處、請你去同享榮華、張氏白　我丈夫在日、雖曾借你銀子田產

都巳準與你了我今日與你讐深不戴還說什麼去同享榮華的話　唱　害得我人亡家破一身孤　韻　終天恨滿腔未吐

又一體

韻　張捷白　我可憐你孤寡是一片好心怎麼反把我做讐人看待難道借了債不該還麼　張氏滾白　賊你還把借銀一事恐嚇於我希圖奸騙可知我是三貞九烈之女誓死靡他賊　唱　你陷人寃斃圖人婦　韻　問賊子是何肺腑　韻　張捷白　小厮們不要和他閒講只管搶他上轎

二家人白　你若不從、我們就動手搶你了、張氏滚白　又見惡僕强奴、擁擁簇簇、好教我進退無門、如何擺佈、張捷白　你倒不如從了罷、張氏滚白　正是路逢險處難迴避、事到頭來不自由、唱合　要得全名節、拚將命殂。韻　去泉臺下把冤呼。韻　虛白作投井科傅相益利從上場門上作見張氏投井攔救科張捷全二家人亦假作攔救科傅相白　員外拜揖、張捷白　不敢、傅相白　這娘子爲何行此短見、張捷白　正是、我也不曉得爲何、我每在此救他、張氏白　這厮乘人危難、要搶奴爲妾、爲因情極、故爾輕生、張捷白　不要聽他、並無此事、傳相白　請問娘子可有丈夫、緣何孤身在此、張氏白　長者容禀、唱

仙呂宮正曲　急三鎗

恨遇着登徒子。句　因好色、讀　使機關毒。韻　憑空裏陷獄底、讀　喪親夫。韻　傳相白　原來這等、可憐　張捷白　長者、那婦人最刁、都是一片虛言、萬萬不可聽信、傳相白　家中還有何人、張氏白　長者、說也可憐、唱　苦煞人遭不幸。句　禍重來、讀　災甚速。韻　合　又喪却垂白的

讀
暮年姑。韻白　長者現今婆婆死在房中、衣衾棺槨全
無、傅相白　不用着忙我有道理、敢問員外爲何逼這娘
子尋死、張捷白　長者、他丈夫在日借我本銀五十兩、如
今他婆死夫亡、自應準折還我、張氏白　長者、不要聽他
他巳將田產準折、一本幾利了、傅相白　你可有兒子的、
張氏白　只有一子、新近亦準與這廝了、傅相白　原來如
此、員外、我也不問其中實假、設使這娘子有銀五十兩
還你、又將原價加一倍、贖取他孩兒、你可依允麼、張捷

白長者、他今赤貧、那有銀子還我、若果一一清還我也只得罷了、傅相白員外、一言既出、駟馬難追、今日我傅相、偶從此地經過、見這娘子困苦、情願替他代還舊欠、贖取他孩兒、母子完聚、望員外慈悲、張捷作背科白原來他就是好行善的傅長者、我倒不好意思、如今多得幾兩無本之利、也是便宜、日後再作道理、向傅相白長者之命、只得依從、傅相白益利、你可將銀百兩送到張員外家、領他孩兒、并原契一同取來、再買棺木一口、白布二疋送到這娘子家中去、益利應科張捷白滿擬紅顏完色願且將白鏹壓貪心、張捷二家人虛白引益利仝從下場門下張氏白長者請上待妾身拜謝、唱

仙呂宮正曲 風入松 蒙君施惠救微軀。韻宛似我重生父母。韻滾白婆婆若非長者周濟你媳婦已喪黃泉可憐你有誰殯殮有誰安葬、唱今日裏屍骸免得來暴露韻這海山恩如何報補。韻合囑咐憑陰靈聽取韻當銜出報恩珠。韻益利引小生扮長壽戴小兒巾穿破道袍從下

場門上長壽作見張氏跪哭科張氏唱

仙呂宮正曲　急三鎗　生不幸。句逢凶歲讀遭多故。韻將伊向豪門鬻、讀作人奴。韻只道是今生裏。句分離杳讀無由覩。韻合誰承望　重還轉讀掌中珠。韻益利白　巳將銀子付與張員外、將這小官人領了出來、文契在此、傳相將文契付張氏科白　小娘子請回罷、張氏長壽白　長者請上受我母子一拜、傳相虛白遜科張氏長壽仝作拜謝科唱

仙呂宮

仙呂宮 風入松
正曲

一朝提掇出泥塗。韻 美高誼獨超今古。韻使拆開的骨肉重完聚。韻也免得母憶兒兒還憶母。韻傳相白 你婆婆衣衾棺槨、即刻備辦送去、另有銀二十兩、可拿去同令郎過活、益利付銀與張氏科傳相白 快些殯葬婆婆去罷、張氏長壽白 多謝長者、傳相益利從下場門下張氏白 我兒多感傳長者施仁、如今有了衣衾棺槨、快快隨我回去殯殮婆婆、唱合 抵多少麥舟義助。韻 是今世的范堯夫。韻全從下場門下

第十四齣　盧杞用計陷忠良　廉纖韻

淨扮盧杞戴幞頭穿蟒束玉帶從上場門上唱

南呂宮引　阮郎歸　陰陽燮理冠堂廉。韻　威權衆所瞻。韻　人誇心赤面常藍。叶　這的是讀　官高勢自炎。韻　中場設椅轉場坐科白　自家唐朝大丞相盧杞是也。位尊元輔、禮絕百僚、天性貪殘、機謀陰譎、生前富貴、不問社稷之安危、死後浮名、那管史書之香臭、才運有方、星斗難逃其布算謀深無底鬼神莫測其機關酣宴則座擁金釵出入則道陳兵衛尉耐那尚書顏眞卿自負先朝老臣粗立名檢强項骨鯁不肯順從却又在人面前故造狂言一班好名躁進狂生附了他與我作對大小文武約略三百餘人若不剪草除根一網打盡難消我胸中忿氣抑且後患須防今日退朝無事不免步入書齋屏除左右思量妙計傾害衆官多少是好

起隨撤椅場上設桌椅上設筆硯盧杞入坐科雜扮四將吏各戴將巾穿蟒箭

袖排穗捧寶劍印盒櫜鞬令旗雜扮二判官各戴判官帽穿圓領束角帶持筆簿引雜扮採訪使者戴嵌龍幞頭穿蟒束玉帶從上場門𡍩上後場立科盧杞白　顔眞卿這廝頗有名聲百官倚重但這廝每事執拗面折下官首當剪除作思科白　有計了李希烈背反朝廷法當征討我不免草成一表只說眞卿重望老臣遣他去說希烈可不煩兵而下奏過官家定差這廝不怕他不去希烈兇惡異常眞卿倔強猶昔眼見得斷送這老兒也

判官作書簿科盧杷白　其餘文武官員、重則誣他謀逆、輕則坐以奸貪、或赤其九族、或去其首領、或削籍金門、或竄身荒裔、此時誰不落膽驚魂、誰不箝口結舌、好計、

判官持簿呈採訪使者看科盧杷冷笑科白　諸公不要道我太狠、爭奈騎虎之勢、也不得不然了、作寫本科唱

仙呂宮正曲　皂羅袍

非我居心奸險。韻　那休休度量、讀　陳語堪嫌。韻　人前要裝得恁威嚴。韻　暗中早設下多坑塹。韻

合　把幾人正法。句　身誅族殲。韻　幾人削籍。句　投荒弔炎。

韻看正人一網都排陷。韻白 有人説功名富貴天命安排暗室陰謀神靈鑒察這箇也不管他天道難明神靈誰見縱然有之我也只圖目前罷了、唱

天道神明無驗。韻 且身披綺繡讀口饜肥甘。叶 一輪車轂紫騮驂。叶 兩行花燭紅粧艷。韻合 百年富貴向將人口箝。韻 千秋史册。向 由他筆尖。韻 死圖珠玉還含殮。韻白 本已寫完吾討已就明日入朝進奏便了、起隨撤桌椅科白 管取眞卿歿賊庭百官以次受諸刑誰

言天表有神察那箇在、兩旁覷科白且喜垣邊無耳聽、
從下場門下採訪使者白盧杞這廝功曹土司時時報
他罪業、今日我親臨、果然他險惡如此、只是顏眞卿賢
良君子、懷忠抱道、不料以正直忤杞、眼見得死於奸臣
之手、我當思想一策、救他方好、判官白顏眞卿夙慕大
道、名列仙班、祇以宿緣、當陷賊庭、大數已定、不必救拔
採訪使者白既然如此、不必救拔、正是人間私語天聞
若雷、暗室虧心、神目如電、衆將吏引採訪使者仝從下

塲門下

第十五齣　問吉凶飛鏃儆賊　齊微韻

淨扮朱泚戴九梁冠穿氅從上塲門上雜扮四家將各戴將巾穿蟒箭袖排穗隨上朱泚唱

仙呂宮引　夜行船　乍解兵權嗟失勢。韻　學困龍暫爾蟠泥。韻　跋扈心胸。句　飛騰羽翼。韻　蓄養已非一日。韻　中塲設椅轉塲坐科白西江月　腹內包藏韜略、軍中累建奇功、威名千里鎮羌戎、雄據一方誰共、失計來朝闕下、飛禽自陷籠中他年若得逞英雄地軸天關搖動下官朱泚是也曾授太原節度使只因兄弟朱滔使計勸俺入朝失了兵權三年之內只在長安奉朝閒居無事不能遂俺胸中的大志自古道蛟龍得雲雨終非池中之物有一日提兵在手攬得他四海都渾罷罷不能流芳百世亦當遺臭萬年我門前有關神君祠不免去卜問一箇靈籤成敗如何起隨撤椅四家將引朱泚作出門遶場科場上設關聖帝君轉像屏風香案上設籤筒科朱泚白

欲決心中疑慮事、須當叩禱問神祇、作到科白 爾等外廂伺候、四家將應科從上場門下朱泚作進廟門科雜扮廟祝戴道巾穿道袍從下場門上白 老爺來了、請進、朱泚白 我府內沒有什麼人在此麼、廟祝白 沒有、朱泚白 我有事祈禱神聖、不用你在此伺候、且自廻避、廟祝白 如此小道往後面烹茶恭候便了、道人快些烹茶伺候、仍從下場門下朱泚禮拜科白 拜告神君、下官朱泚素負英名、心懷大志、結連藩鎮、乘機簒取大唐天下、此

事成敗如何望神君報應、作執籤筒卜科白 此籤大凶、
神君我朱泚終不然就罷了、此生誓不久居人下、還當
再卜、復執籤筒卜科雜扮周倉戴周倉盔紥靠持刀從
屏風內轉出作刀挑籤飛筒裂朱泚作驚怕科周倉仍
轉下四家將廟祝從兩場門急上各作虛白發諢科朱
泚白 祠後忽作大聲、籤飛筒裂、想是神君作怒、不許我
行此事、神君、你庇護大唐天子、難道他家天下、千年不
壞麼、自古道矢在弦上、不得不發、神君、得罪了、作出門

廟祝送科仍從下場門下隨撤轉像屏風香案四家將
引朱泚轉場作進門場上設椅朱泚坐科雜扮二判官
各戴判官帽穿圓領束角帶執筆簿引雜扮採訪使者
戴嵌龍幞頭穿蟒束玉帶從上場門暗上後場立科雜
扮奸細戴鷹翎帽穿箭袖繫鑾帶從上場門上白
機關
有誰洩漏蠟丸暗地傳來自家李元帥心腹之人差來
長安結連朱太尉爲內應且喜已入長安來此已是朱
太尉門首有人麼一家將作出門科白什麼人奸細白

李元帥差人求見、家將白　住着、作進門科白　禀爺、李元帥差人求見、朱泚白　喚進來、家將作出門引奸細進門科朱泚白　家將迴避了、四家將應科從兩場門分下奸細白　小人叩頭、朱泚白　到此何事、奸細白　小人是李元帥帳下心腹之人因爲唐室衰微君臣無道百姓困苦勞於徭役俺元帥看不過去特建義旗自稱天下都元帥攻陷汝州一路望風瓦解目下聞得大唐調取涇原節度使姚令言領兵五千征進不日打從長安經過丞相盧杞平日輔佐朝政事事不行寬大兇姚令言素是太尉提拔之人乘此激變軍心劫了宮闕滅了大唐俺元帥說拜上太尉定當平分天下各據一方有書在蠟丸內朱泚白你且外廂少待待我思量奸細呈蠟丸書作出門科朱泚白從來天無二日民無二王我若成得大事豈容李希烈自據一方也罷不免暫時應允日後再做道理來人呢奸細應作進門科判官作書簿科衆將吏引採訪使者暗從下場門下朱泚白你多多拜上

李元帥說我意中早有安排當與元帥同心合謀共圖逐鹿人來雜扮院子戴羅帽穿屯絹道袍繫鑾帶從下場門上應科朱泚白取白金一錠來院子應向下取銀隨上付奸細科院子仍從下場門下朱泚白這白金與你聊爲途中一飯因你輕裝不便多與你可速速而回奸細叩謝科朱泚白我與你元帥呵唱

仙呂宮正曲　玉胞肚　共相舉義韻秦庭鹿逐得是誰韻笑張陳反結仇讐句論楚漢莫起嫌疑韻合英雄作事只在

審當爲。韻那　遺臭流芳總莫提。韻奸細白　我家元帥向
來是、唱
又一體
心胸頗異。韻　蓄精兵圖謀不軌。韻　要做箇射鹿
曹瞞。句　那管得叩馬夷齊。韻全唱合　英雄作事只在審
當爲。韻那　遺臭流芳總莫提。韻朱泚白　去罷、奸細應科
作出門仍從上場門下朱泚從下場門下

第十六齣　考善惡駐節昭靈

蕭豪韻

雜扮八從神各戴將巾穿蟒箭袖卒褂執旗雜扮八將
吏各戴將巾穿蟒箭袖排穗捧令旗寶劍橐鞬冠帶雜
扮四功曹各戴功曹帽穿雁翎甲掛年月日時牌持馬
鞭雜扮關平戴紮巾額紮靠捧印雜扮周倉戴周倉盔
紮靠持刀引淨扮關聖帝君戴冕旒穿蟒束玉帶從上
場門上白

三分事業巳銷沉、回首荆襄遺恨深、淘洗得來惟淨業、消磨不盡是雄心、某關聖帝君是也、今有天曹使者下來考察人間善惡、不免上前相見、雜扮二判官各戴判官帽穿圓領束角帶持筆簿引雜扮採訪使者戴嵌龍幞頭穿蟒束玉帶從上場門上作見關聖帝君科白 神君勝常、關聖帝君白 使者安樂、採訪使者白 朱泚這賊子、奸深鬼魅、毒過豺狼、不自揣量、思奪大唐天下、神君可曾聽得麼、關聖帝君白 使者、我怎麼不曾聽得、方纔此賊、以謀反之事、問卜於我、我以大凶籤報之、欲阻其凶謀、奈他不肯悛改、再行問卜、我稍顯威靈、使籤飛筒裂、他竟不回頭而去、方當與李希烈來人設計之時、我便欲手誅此賊、奈他陽壽未終、唐家君臣、該有播遷之難、長安人民、亦有劫掠之災、大數已定、是以躊躕耳、一

判官白 稟覆使者、據各處功曹土司諸神申報下界衆生、造惡彌天、種種不一、中間作善者雖有、不如作惡者多、只有王舍城中、傳相篤實持躬、精誠爲善、奉佛持齋

施行仁義近日又在汴州救濟難婦張氏母子團圓捨棺掩骼每每勸化世人忠心報國陽間作善無如此人關聖帝君白我聞此人七世修行今功行將滿道品轉高可敬可敬使者又當上界奏事之期小聖自當護送而行採訪使者白神吏二判官應科採訪使者白將世間善惡開載黑白二簿逐一分明無得朦朧遺漏謹當去奏聞上帝二判官應科雜扮二傘夫各戴馬夫巾穿蟒箭袖卒褂執傘從兩場門分上隨衆遶場科仝唱

中呂宮正曲　好事近

絳節返丹霄韻　神吏紛紛前導韻　榆街雲路句　驅幾隊風馬輕裊韻　天都直上句　在高空讀　俯視塵寰杳韻合　看齊州九點烟青句　更海水一泓盃小韻闗聖帝君採訪使者唱

又一體

職司句　採訪列仙曹韻　將大地閻浮考校韻　正邪善惡句　寶鏡當空明照韻　巡行四部句　奉天皇讀　宣化揚忠孝韻合　錄金書善受褒嘉句　仗玉斧惡行誅討韻衆遶場科仝唱

中呂宮正曲　越恁好　去天尺五。句　去天尺五。疊　看三台麗絳霄。韻　正仙班神侶。句　馳日馭駕雲軺。韻　響噹噹珮瑤。韻　響噹噹珮瑤。疊　聳巍巍玉螮蝀。讀　駕着飛橋。韻　森巖巖帝居。句　森巖巖帝居。疊　躋蹌蹌白玉堦。讀　羣星正朝。韻　合奏咸池咽鳳簫。句　白虎蒼龍繞。韻　喜帝臨太乙。讀　天開黃道。韻

意不盡　太清六合無私照。韻　明鏡當頭皛皛。韻　因緣果報。韻　天網恢恢若箇逃。韻　衆侍從擁護關聖帝君採訪

使者全從下場門下

第十七齣　慮綢繆賢臣爲國　先天韻

生扮陸贄戴紗帽穿圓領束金帶從上場門上雜扮院子戴羅帽穿屯絹道袍繫鑾帶隨上陸贄唱

正宮引　破陣子

志在長林豐草。句身乘皂蓋華軒。韻自歎叨恩虛俸祿。句枉向愁中老歲年。韻何時擔卸肩。韻中場設椅轉場坐科白　九重天上拜恩綸。一寸丹心向紫宸。夜望欃槍方進舍。安危社稷更何人。下官陸贄。向任

監察御史叨蒙特恩拜爲翰林學士之職仕途冷暖早
已儘嘗宦海風波甚是難測每有箕山頴水之心只爲
國恩深重只管因循不能求退近日李希烈背恩反叛
屢屢爲寇詔發涇原諸路之兵往救襄城節度使姚令
言率兵至京師軍士多攜子弟而來思得厚賜其家奈
盧丞相主持國政惟以刻薄爲主一無所賜但遣京兆
尹王翃犒師滻水所犒者亦不過是糲食菜饌之類倘
或一時軍心有變卽國家心腹之憂也已曾相約司農

卿段公前來商議一番、院子、院子應科陸贄白段老爺

到時通報、院子應科雜扮青衣戴鷹翎帽穿窄袖繫鑾

帶引末扮段秀實戴紗帽穿圓領束金帶從上場門上

唱

正宮引 燕歸梁

義膽忠肝鐵石堅。韻看隻手、讀要擎天。韻

榮沾厚祿應無補。句捫心處、讀愧難言。韻白老夫司農

段秀實是也、學士陸公相約說話、不免前去、來此已是、

通報、青衣應科向內白段老爺到、院子作出門科白段

老爺到了、少待、作進門科白　稟老爺、段老爺到、陸贄白
說我出迎、起隨撤椅作出門迎科院子白　家爺出迎、段
秀實向青衣白　廻避了、青衣應科仍從上場門下陸贄
請段秀實進門場上設椅各坐科陸贄白　看茶、院子應
科從下場門下段秀實白　請問學士公、那京兆尹王翃、
往滻水犒師回來、涇原兵馬、軍威將力強弱如何、陸贄
白　司農公、那涇原兵馬呵、唱
正宮正曲　玉芙蓉　軍威頗勝前。韻　羸弱都強健。韻　更嚴遵紀

律讀熟諳機權。韻段秀實白 這等說來、兵勢是强盛的
了、陸贄白 强盛的、院子仍從下場門捧茶上送茶各飲
科段秀實白 那襄城圍困緊急、他緣何不速去救援、尚
在此間觀望、陸贄白 司農公、唱他藏機不發心非善。韻
塞水須防竇忽穿。韻合 籌奇變。韻要綢繆事先。韻笑庸
臣讀似處堂燕雀正怡然。韻院子接盞仍從下場門下
段秀實白 這等看來、那軍士們都有觀望之心了、陸贄
白 那軍士們冒雨衝寒、跋涉千里、到此思得厚賜、奈盧

丞相遣京兆尹王翊以糲食菜饌犒之聞得說人情洶洶恐生意外之變今關輔之間徵發已甚宮苑之內備衞不全萬一將帥之中有如朱滔希烈之輩乘機竊發驚犯闕廷全無準備如何是好唱

又一體

休輸一着先。韻及早圖長便。韻念人情似海讀少底無邊。韻一絲旣少扶危牽。韻只恐萬檣難回下勢船。韻合誰先見。韻預圖謀萬全。韻也難言讀安危禍福但憑天。韻

段秀實白學士公你這些議論足見忠君愛

國之心老夫已曾上言禁兵不精其數全少卒有患難、何以待之怎奈那朝堂之上只說烽烟不起桴鼓不鳴、就是太平氣象殊不知不亂之亂纔是大亂況那朱泚、閒居京城忿忿不樂一旦生起事來只怕山川社稷祈禱不靈沒有措手的去處嗄學士公你當乘此機會把平生謀略展佈一番老夫拚着這條性命、作冷笑陸贄作悲科叚秀實白作厲鬼殺賊也、唱

又一體

聲名欲保全。韻身命難完善。韻拚從容就死、讀

報國軀捐。韻不學那腐儒紙上把空談獻。韻巧宦在人前將忠讜言。韻合平生願。韻躬行實踐。韻這其間、讀立身方不愧前賢。韻院子仍從下場門上內吶喊段秀實陸贄作驚起問科白外面叫喊的、是甚麼人、快去看來、院子應作出門科青衣仍從上場門急上院子白怎麼樣了、青衣白二位老爺在那裏、院子白隨我來、老爺在這裏、仝作進門科青衣白不好了、二位老爺那涇原兵馬進城來了、段秀實陸贄白兵馬無故進城、大有可慮、

大有可慮、內吶喊虛白科段秀實陸贄白　這怎麼好、陸贄白　院子、青衣快去打聽、院子青衣應科作出門科從兩𡐤門分下陸贄白　司農公我與你正在躊躇之際、不想果有此變、今當奏聞聖上、速發詔旨、加李晟爲行營節度使、率領神策六軍之兵、星夜前來勤王、此人素有忠義之氣、必能盡心王家、段秀實白　下官意下、也是如此、院子青衣仍從兩𡐤門分上作進門科白　老爺不好了、那姚令言率領涇原兵馬、劫了瓊林大盈二庫、射殺中使朝廷與諸王公主都出苑北門去了。陸贄白 有這等事學生卽刻前去追趕乘輿只是那朱泚尚在京師終爲大患司農公你且少留圖之。段秀實白 是老夫在此學士公你還當差人速催李令公進兵爲是 唱

又一體 勸他把旌旆早向前。韻 便赴勤王戰。韻 記行軍要語。讀 迅速爲先。韻白 那平日謀國的人呵。唱 那知道閭閻困乏人心變。韻陸贄唱 還要想晝夜催徵間架錢。韻仝唱合 心中願。韻 願人心合天。韻 把大唐朝。讀 金甌

無損靖烽烟。韻各作拜別科虛白從兩墑門分下院子

青衣隨下

勸善金科 第一本卷下

第十八齣 歎淪落義士言懷 齊微韻

生扮韓旻戴小頁巾穿蟒箭袖排穗繫絲縧襲氅從上場門上唱

正宮引 七娘子

家園回首成拋棄韻 都只爲遭時不利韻 身隨盜蹠句 心慕夷齊韻 誰人識得其中意韻 中場設椅轉場坐科白

自家韓旻是也生長豪門博古通今志期上達只因命蹇時違遂致飄零湖海偶逢羣盜廹脇

上山、他見我文武兼全、推做軍師、事出無奈、只得勉強順從、我想綠林一地、豈是英雄駐足之處、唱

正宮正曲　錦纏道

歎流離。韻論男兒偏遭數奇。韻草澤暫羈棲。韻幾番向、讀燈前彈劍空悲。韻慢說是棄功名雄心早灰。韻正還要圖事業壯志難移。韻豪氣吐虹霓。韻終有日風雲際會。韻身榮衣錦歸。韻合縱然把前羞盡洗韻、也難說、讀名行未全虧。韻雜扮二強盜各戴盔紥狐尾簪雉尾紥靠佩劍從上場門上唱

正宮刬鍬兒　相逢不用相迴避。韻世間半是咱和你。韻

正曲

行劫深山裏。韻虎狠逞威。韻合不知天理。韻那知法紀。韻宗派誰傳。讀是紅巾赤眉。韻雜扮八僂儸各戴卒盔穿箭袖卒褂執旗從兩場門分上場上設椅各坐科二

強盜白　軍師、我弟兄多蒙教誨、武藝精通、不日朱太尉起事、我等要去接應、只是寨中糧草漸少、聞得王舍城會緣橋有箇什麼傅長者、家私巨萬、我等前去擄掠一番、以為軍中應用、多少是好。韓旻白　二位、那傅長者乃

是善門之家、這却使不得、二強盜白若依軍師說、寨中糧草何處得來、那有強盜揀着人家打劫的理、韓旻白也罷、我等此去、務須善言相告、不必強暴施爲、各起隨撤椅韓旻卸氅佩劍仝作出門科二強盜白衆僂儸竟往王舍城、擄掠傅家、就此起馬、衆應科各作上馬科衆仝唱

正宮正曲　朱奴兒　擺開了僂儸一隊。韻簇擁着大王幾位。韻想他們見了咱威勢。韻不由得不生驚畏。韻合行不義。

韻把金銀擄歸。韻韓旻白這威風誰能比。韻韓旻白儓儸、前面什麼所在、衆仝白有一所尼庵、韓旻白我等到彼下馬、盤桓一回、一則瞻仰佛像、二則取茶止渴、再去便了、衆應科二强盗唱

慶餘

那殺人放火原是咱長技。韻韓旻唱論綠林中也要存些仁義。韻二强盗唱那盜賊的慈心總提不起。韻、衆仝從下場門下

勸善金科　第一本　卷

第十九齣　先避賊老尼報信　庚青韻

老旦扮尼貞靜戴僧帽穿老旦衣繫絲絛帶數珠持拂塵從上場門急上白

强人心不善、要擄善人家、苦竹林中一夥强人、在我庵中取茶喫、口口聲聲、要去擄掠傅長者、我且悄去把信與他、以便躲避、從下場門下旦扮劉氏穿氅帶數珠從上場門上白

蓮花貝葉因心見、慧草禪枝到處生、中場

設椅轉場坐科場上設香案上供佛像劉氏白　前者尼師開示、他道阿彌陀佛、只在此心、心專者頭頭遇佛、心悟者步步生蓮、況我丈夫兒子、持齋茹素、我既為人之妻母、怎不持齋念佛、員外孩兒前堂三官聖前焚香禮拜去了、我且後堂看經一番、起隨撤椅作拈香禮拜科唱

中呂宮正曲　駐馬聽

佛教遵行。韻　此際方知一念誠。韻　須信誠心有感。句　祈保家門、讀　四季康寧。韻　場上設椅劉氏

坐看經科唱　滿門骨肉福祥增。韻　古來積善多餘慶。韻

合　再保來生。韻　修身早上菩提境。韻　外扮傅相戴巾穿

氅帶數珠從上場門急上唱

又一體　有事堪驚。韻　種種教人疑慮生。韻　作進門劉氏

起隨撤椅傅相白　安人、我與孩兒、在三官堂上看經、劉

氏白　怎麼樣、傅相唱　只見琉璃焰焰。句　烏鵲紛紛。讀　喧

鬧聲聲。韻　有何凶事到門庭。韻　鴉鳴燈爆來相儆。韻　劉

氏白　員外、這是你疑心、傅相唱合　戰戰兢兢。韻　吉凶禍

福渾難定。韻貞靜從上場門急上白　有事忙來報、無事不亂言、作進門科白　齋公安人、不好了、傳相劉氏白　怎麼樣、貞靜白　苦竹林中、一夥强人、在我庵中取茶喫口口聲聲、要來你家擄掠財寶、傳相劉氏作驚懼科貞靜白　我特來報知、早早隄防、我去了、傳相白　多謝師傅了、貞靜作出門從下場門下場上隨撤佛像桌復設香案帳幔桌上掛三官堂匾傳相劉氏作驚懼虛白喚羅卜益利科生扮羅卜戴巾穿道袍帶數珠末扮益利戴羅

帽穿屯絹道袍繫鑾帶帶數珠從兩場門分上虛白科

傳相劉氏白 不好了、今有苦竹林中、一夥强盜要來我家擄掠財物、怎麼了、衆全唱

仙呂宮正曲 皂羅袍

聽說驚魂無定。韻 一家人此際讀 向何處逃生。韻劉氏白 員外、唱 多因齋道又齋僧。韻 强人暗地知風影。韻合 眼前果報。句 由來不明。韻 佛仙虛幻。句 此言信誠。韻衆全唱 還愁家破難逃命。韻傳相唱

又一體

禍福從來莫定。韻 你不須疑慮讀 我 有計全生。

韻劉氏白　員外我有主意即忙着人到各莊令衆佃戶
將這夥人盡皆殺死傅相白　此非善門所爲我想强人
之志無非要金帛耳唱　何妨傾倒與囊傾韻　任教取去
無餘剩韻　益利應科向內白　衆家人員外着你們急忙
打點些金帛出來內應科雜扮四院子各戴羅帽穿屯
絹道袍繫鑾帶雜扮四梅香各穿衫背心繫汗巾各作
扛金帛急從兩場門分上隨設桌上科傅相唱合　饜他
貪慾句　表咱志誠韻　劉氏白　豈不可惜衆全唱　後山藏

躲○句　莫教露形○韻　忙忙好去逃生命○韻傳相劉氏唱

還慮囊箱盡罄○韻　把餘資藏好○讀　莫漏風聲○韻

又一體

衆院子梅香應科傳相劉氏羅卜益利向三官堂禮拜

科唱　欲求堦裏顯威靈○韻　深深叩拜諸神聖○韻合　全家

老幼○句　中心不寧○韻　後山藏躲○句　莫教露形○韻　忙忙好

去逃生命○韻二院子扶傳相二梅香扶劉氏益利扶羅

卜全作出門科急從下場門下小旦扮金奴穿衫背心

繫汗巾從上場門上虛白作躲避科仍從上場門下

第二十齣　暗拯危大帝遣神　蕭豪韻

淨扮急覺神戴犄角髮穿蟒箭袖卒褂軟紮扮從上場門上白

大帝傳法旨、遵命不稽遲、吾乃急覺神是也、今有善人傳相之家、遭强人刼擄、奉三官大帝之命、遣我半路顯聖、使他家白馬口吐人言、或者賊寇回心、以彰善報、須索走遭者、唱

正宮正曲　四邊靜

傅門積善功非小。韻　强人肆橫暴。韻　神聖顯威靈。句　白馬明彰報。韻合　神光照耀。韻　不差分毫。韻　使衆寃轉回心。句　從善休爲惡。韻　從下場門下

勸善金科第一本卷下

第二十一齣　彰報應白馬能言　庚青韻

雜扮八僂儸各戴卒盔穿箭袖卒褂雜扮二强盜各戴盔紥狐尾簪雉尾紥靠佩劍生扮韓旻戴小頁巾穿蟒箭袖排穗佩劍從上塲門上作到傳宅進門韓旻見三官堂禮拜科二强盜白

軍師這桌案上擺了許多金銀在此莫非知道你我來

韓旻白

正是禮義生於富室

二强盜白

盜賊出在貧家

八傻儸各取金帛科二强盜白　傻儸、後面看去可有騾馬、帶來馱回金帛、一傻儸應科從下場門下牽馬隨上淨扮急覺神戴犄角髮穿蟒箭袖卒褂軟紮扮隨馬培上八傻儸取金帛馱馬上仝作出門科衆遶場仝唱

南呂宮金錢花　正曲

不須橐倒囊傾。韻囊傾。格金帛先已恭呈。韻恭呈。格馱將馬上趲回程。韻無忌憚、讀任縱橫。韻合方顯我、讀大威名。韻急覺神牽馬作不行科八傻儸白　稟爺、馬不行了、二强盜白　不行、只是打、急覺神白　不

要打、我不行了、衆作驚疑科二强盜唱

中呂宮正曲 駐馬聽異事堪驚。韻 孽畜緣何說不行。韻 莫不

是山魈木客。句 野鬼閒神、讀 作怪成精。韻 似這般妖孽使人憎。韻 敎他劍下亡其命。韻 持劍欲砍科韓旻白 且慢慢的問箇明白、急覺神白 你殺我一馬、還汝四馬、韓旻白 列位、四馬乃是箇罵字、我們殺了他、人皆唾罵我們、且不要殺、二强盜白 軍師、唱合 不可留停。韻 似這等獸形人語成災眚。韻 韓旻唱

又一體

馬說不行。韻你我還須駐馬聽。韻白傅家供奉三官聖像、你我擄掠善門之財、難以消受、唱多應是三官顯示。句儆誡吾曹、讀使這老馬嘶聲。韻正當細問這奇情韻何須怒逞強梁性。韻白馬你因甚口吐人言快說其詳、急覺神白只爲我前生欠你們兩雙草鞋錢、今送你二十里路、債還彀了、所以不行、韓旻白既然如此、你因甚在傅家做馬、急覺神白我爲前世騙了傅家十兩銀子、所以今生塡還、韓旻白你前生叫甚麼名字、急

覺神白 走盡天涯路、消還十兩銀、少債來還債、目下轉回程、韓旻白 題頭四字、走肖少目、却是趙省二字、你前生吽趙省麽、急覺神白 是了、我再不說話了、二强盜作驚疑科白 好顯然、唱合你看這報應分明。韻 大家恐懼加三省。韻韓旻白 二位兄弟、此馬欠我們兩雙草鞋錢、今生塡還我們、今日打刧了傳家許多銀子、怎生塡還得了、二强盜白 憑軍師主意、我等願隨、韓旻白 既然如此、將金帛卸下、將馬放回、八僂儸應隨卸下金帛放馬科急覺神牽馬從上場門下二强盜白 軍師押着金銀送還、我等就此回去也、分白 馬能說話駭人心、感得軍師指示深、苦海茫茫千萬里、衆全白 回頭是岸可追尋、四僂儸扛金帛隨韓旻從上場門下四僂儸隨二强盜從下場門下

勸善金科第一本卷下

第二十二齣　感神明綠林向善　齊微韻

末扮益利戴羅帽穿屯絹道袍繫鑾帶帶數珠從下場門上白

强人去盡、金銀不剩、一飲一啄、皆是前定、員外安人請回罷、外扮傳相戴巾穿氅帶數珠旦扮劉氏穿氅帶數珠生扮羅卜戴巾穿道袍帶數珠雜扮二院子各戴羅帽穿屯絹道袍繫鑾帶雜扮二梅香各穿衫背心繫汗巾從下場門上虛白作進門科小旦扮金奴穿衫背心繫汗巾雜扮二院子各戴羅帽穿屯絹道袍繫鑾帶雜扮二梅香各穿衫背心繫汗巾從上場門上傅相白　安人但求平安穩便是值千金、劉氏白　員外、今日修因、明日修因、修來修去、惹禍臨身、場上設椅各坐科傅相白　他惡由他作、我善自我爲、報應有顯跡、毫髮不差移、劉氏白　還說甚麼顯跡、傅相白　安人休出此言、劉氏唱

仙呂宮正曲　桂枝香　君休性執○韻　容妻勸啓○韻　常言道　塵世

難以昇天。句 怎忍把家緣蕩棄。韻 看佛居那裏。韻 看佛居那裏。疊 幾人得會。韻 無蹤無跡。韻 合 聽因依。韻 昔日有箇梁武帝。句 敬佛身亡骨化泥。韻 羅卜唱

又新體 承爹訓誨。韻 勸娘聽啓。韻 爲善的天上逍遥。句 作惡的現報人世。韻 勸娘親休得性執。韻 休得性執。疊 回心轉意。韻 齋僧布施。叶 合 懺前非。韻 善惡終須報。句 只爭早共遲。韻 傅相白 安人切不可悔却前盟、劉氏回嗔作喜科唱

夫言極是。叶見言有理。韻我心心向道堅修。句是一點靈光不昧。韻看天堂大啓。韻看天堂大啓。疊善人能入。韻惡人遠退。韻合自今日。韻白員外既有顯跡、報應無差、滚白又道是善惡分明、禍福自彰、我乃是女流之輩、嫁夫爲主、敢不依隨、自此以後、唱隨夫助子修陰隲。句行滿功成無禍危。韻淨扮急覺神戴犄角髮穿蟒箭袖卒褂軟紮扮牽馬從下場門上作進門從上場門下衆起隨撤椅仝作驚懼科唱

黃鐘宮正曲　出隊子

中心驚異。韻　此馬緣何去復歸。韻　強人蹤跡實堪疑。韻　防取重來須躲避。韻合　失兮得兮讀　禍福未知。韻衆全從下場門下

勸善金科　第一本

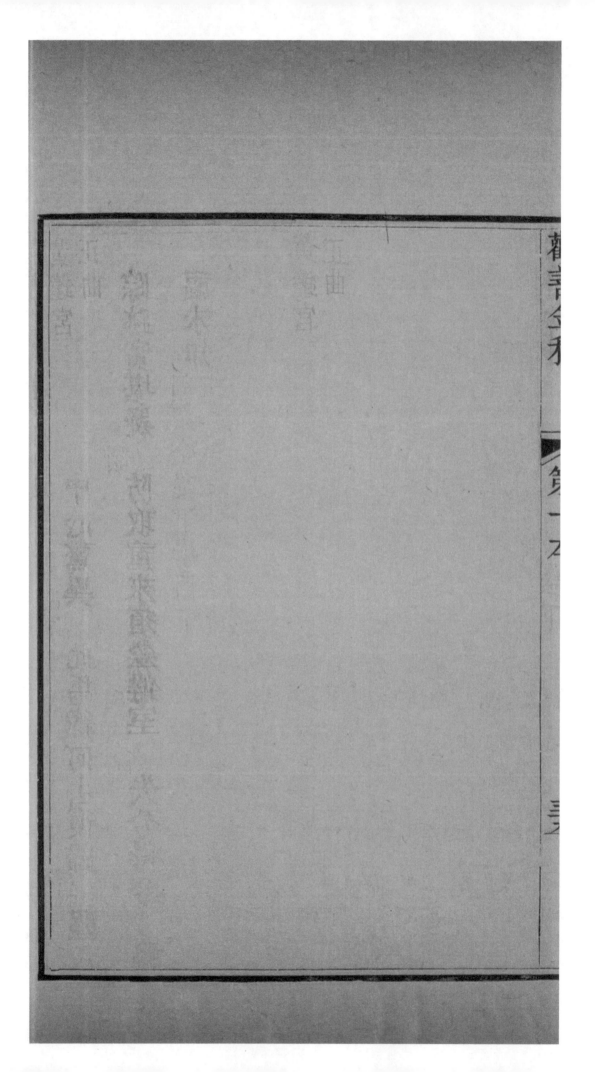

第二十三齣　義韓旻還金傳室　古風韻

雜扮四僂儸各戴卒盔穿箭袖卒褂扛金帛引生扮韓旻戴小頁巾穿蟒箭袖排穗從上場門上唱

黃鐘宮正曲　出隊子

心中慚愧。韻　苦竹林中事已非。韻　昨聞白馬說因依。韻　送還金帛求懺悔。韻合　肉袒牽羊讀負荊請罪。韻　作到科末扮益利戴羅帽穿屯絹道袍繫縧帶帶數珠從下場門上作見韓旻科向內白　員外、強人又來了、外扮傅相戴巾穿氅帶數珠從下場門急上作出門跪科白　將軍、敢是嫌金銀少了、即忙添上、韓旻跪白　長者請起、將金帛收進、有言相告、傅相白　豈敢、韓旻白　萬望收回、容當細稟、仝作進門科傅相白　益利、把金帛收進、益利白　是、你們隨我來、引四僂儸扛金帛從下場門下隨上場上設椅各坐科韓旻白　爾等各自散去務農罷、四僂儸應科作出門仍從上場門下傅相白　將軍、因甚不收金銀、請道其詳、韓旻白　長者容稟、唱雙調集曲【金雲令】金字令首至六因咱命窘。韻在崔澤權依忍。韻他們心狠。韻劫貴宅不思忖。韻承你把幣帛紛羅。句金寶交陳。韻白那時就將府上那匹白馬、馱了這些東西回去、唱駐雲飛四至七那知道奇事其中隱。韻嗏。格傳相白有甚麽奇事、韓昊白行了二十里路、那馬就口吐人言、傳相白怎麽馬也會說話、韓昊白馬說前世騙了長者十兩銀子、今生變馬填還、又道欠我們兩雙草鞋錢、因此送二十里路、以還前債、唱聞所未曾聞。韻馬也云云。韻

白　我等因見如此大彰報應、一齊悔過、唱四塊金四至六把山寨一時焚。韻各人歸務本。韻傳相白如此甚好、韓旻白故此重來、將原物繳上、唱趙璧不留秦。韻合拜返金銀。韻傳相白豈敢、將軍既肯回心是極好之事了、韓旻白長者、尚有一說、傳相白更有何說、韓旻白如今上司出榜、道有能收服強人者、賞銀萬兩、官封千戶、長者將我綁送上司、唱卽使刀鋸加身。韻刀鋸加身。疊我無所恨。韻各起隨撤椅科傳相白這却使不得、老夫也有一說、韓旻白 但不知有何吩咐、傳相白 向聞苦竹林中豪傑、頗與朱滔朱泚相連、將軍旣有改過之心、何不插身叛賊左右、假做心腹、乘機將叛賊除了、下救萬民之苦、上報朝廷之恩、功德不小也、韓旻白 多謝指教、當銘於心、就此告別、傳相白 後堂一齋、韓旻白 不消、作拜別出門科仍從上場門下傳相唱

慶餘 回頭是岸言須信。韻 喜伊曹改過維新。韻 慚愧我勸善高風遠近聞。韻仍從下場門下

勸善金科第一本卷下

第二十四齣　忠李晟奮勇王家　先天韻

雜扮韓遊環范克孝戴休顏駱元光各戴帥盔紮靠從上場門上分白

黃河豈常濁澄淸亦有時功名仗三箭不用萬言書小將韓遊環是也小將范克孝是也小將戴休顏是也小將駱元光是也仝白今日元帥陞帳我等在此伺候各分侍科內奏樂雜扮四將官各戴帥盔紮靠從兩場門

分上雜扮八軍士各戴馬夫巾穿蟒箭袖卒褂執旗雜扮八將官各戴將巾穿蟒箭袖排穗執標鎗雜扮十六刀手各戴卒盔穿門神鎧執刀雜扮八將官各戴打仗盔穿打仗甲佩刀雜扮四中軍各戴中軍帽穿中軍鎧佩刀持令旗引生扮李晟戴帥盔紮靠紮令旗襲蟒束玉帶從上場門上唱

中呂宮引　行香子　邸報喧傳。韻天子播遷。韻恨逆臣攪亂中原。韻勤王師旅。句務在身先。韻要息干戈。句安社稷。讀靖烽烟。韻中場設椅轉場坐科白　四方盜起如屯蜂狠烟烈熖薰天紅將軍一怒安天下烟塵盡掃鯨鯢風下官行營節度使李晟是也得專生殺坐鎮屏藩近日李希烈叛於上蔡朱泚作亂長安因此礪兵秣馬志在討賊今日齊集六營將佐與他們講明紀律激其忠勇以便興師吩咐開門　衆應科內奏樂李晟起隨撤椅場上設高臺虎皮椅李晟陞高臺坐科八刀手作開門八將官作進見科白　元帥在上衆將打躬　李晟白　諸將少禮衆將官聽吾號令（衆應科李晟白）朝廷高爵厚祿養爾等於無事之日今當國家多故爾等亦當奮忠盡力報答朝廷於有事之秋近聞李希烈身負國恩稱兵上蔡朱泚乘釁作逆騷動長安主上蒙塵生民塗炭老夫身叨軍旅重寄豈可坐視一方按兵不舉昨蒙聖恩加老夫爲行營節度使之職當齊集三軍兼程進發以盡臣子之分侍立兩旁聽我道者（衆應科李晟白）馬軍將領韓遊環（韓遊環應科內鳴金響號科李晟白）你領馬軍

五千、前往飛虎嶺、晝夜兼行、探聽賊營虛實、不得有違、
韓遊環應科李晟白 水軍將領范克孝、范克孝應科內
鳴金響號科李晟白 你領水軍五千、前往汴州屯扎、阻
絕李希烈進兵之路、不得有違、范克孝應科李晟白 爾
等聽我吩咐、韓遊環范克孝應科李晟唱
中呂宮正曲 好事近 廐馬錦連錢。韻 千騎龍媒預選。韻 追風
逐月。句 偏宜躍嶺踰川。韻白 爾衆軍呵、唱 駕御數載。句
今日裏、讀 須把功勳建。韻 韓遊環范克孝唱合 披玉勒

雲錦成羣。句飾金鞴月光如練。韻二中軍付令旗韓遊環范克孝接旗各分侍科李晟白步軍將領戴休顏、戴休顏應科內鳴金響號科李晟白你領步軍五千、到靈武山後埋伏、策應中軍、不得有違、戴休顏應科李晟白軍糧督護駱元光、駱元光應科內鳴金響號科李晟白你領本部兵丁、催趲糧草、接應大軍、星夜進發、不得有違、駱元光應科李晟白爾等聽我吩咐、戴休顏駱元光應科李晟唱

又一體　組練倍精堅。韻　爲國敢圖安宴。韻　忠心貫日。句　沉舟破釜爭先。韻　韜鈐酌用。句　須看取。讀　帷幄奇謀展。韻戴休顔駱元光唱合　袵金革健似貔貅。句　掃欃槍靖却烽烟。韻二中軍付令旗戴休顔駱元光接旗各分侍

科淨扮報子戴鷹翎帽紮包頭穿報子衣繫肚囊背包持馬鞭從上塲門急上唱

中呂宮太平令正曲　烽火連天。韻　震耳的西風鼙鼓喧。韻合　邊愁曉入芙蓉苑。韻　都城陷屬車遷。韻作下馬科白　報

子進、作進門跳科李晟白 探事的、我且問你、唱

又一體

那虎賁三千。韻可有箇人擎欲墜天。韻 報子唱

合 一朝戎馬臨畿甸。韻誰忠勇敢當先。韻 李晟白 你且喘息定了慢慢的講、報子跳舞科白 但見殺氣衝翻地軸軍聲震動天關虎鬬龍爭幾處山川流戰血神愁鬼泣一時畿輔起征塵金鼓之聲若怒濤之疾至旌旗之影蔽霄漢而無光不忍見沿途東竄西逃最難聞比戶兒啼女哭逢人屠戮似血流漂杵難堪到處焚燒比火

燎咸陽更慘天地爲之晝昏黑風雲因而皆變色那賊兵乘破竹之勢那帝京有壘卵之危哩李晟白那逆賊竟如此殘忍慘刻我且問你他那裏有多少人馬便如此利害你且起來再備細說與我知道報子跳舞科白他那裏的人馬也不計其數雄兵何止萬隊亂紛紛聚蟻屯蜂猛將不下千員雄赳赳如彪似虎列作五花陣密密扎扎千層劍戟似霜明擺開八陣圖森森嚴嚴一片刀鎗如雪耀震耳的火攻並舉有西瓜砲子母砲紅

衣砲響、幾陣驚魂奪魄的轟雷、驚聠的弓弩齊發、那鵰翎箭、飛虻箭、金鉀箭、飛一天透扎穿楊的驟雨、揮戈還能挽日、投鞭直欲斷流、萬騎奔騰、祇恐踏平山岳、一聲叱咤還愁踢倒城垣、只疑惡煞降災殃、專望神兵弭禍亂、唱

【正宮正曲】四邊靜

那賊臣倡亂軍心變。韻 中原恣蹂踐。韻 萬戶少人烟。韻 三秦有兵燹。韻合 王師無戰。韻 元戎不顯。韻 豺虎亟宜殲。句 鯨鯢早當翦。韻李晟白 知道了、到後

營支賞、報子應科作出門騎馬科從下場門下李晟白
衆將官、衆應科李晟白 收拾整齊、明日到教軍場、祭告六纛之神、以便興師、一應事宜、各當努力前進、毋干軍令、衆應科李晟下高臺衆全唱

慶餘 此行誓重把金甌奠。韻 迴龍馭天旋地轉。韻 那時節姓字兒煌煌向鐘鼎鐫。韻衆擁護李晟全從下場門下

觀音全稿

第一本

◎

勸善金科第二本卷上

第一齣　靈霄殿羣星奏事　蕭豪韻

佛門上掛靈霄門匾雜扮馬帥戴八角冠紮靠持鎗雜扮趙帥戴黑貂紮靠持鞭雜扮温帥戴瘟神帽紮靠持金剛圈狠牙棒雜扮劉帥戴荷葉盔紮靠持刀從昇天門上跳舞科仍從昇天門下雜扮六丁六甲各戴紮巾額紮靠持鞭從昇天門上跳舞科仍從昇天門下雜扮四仙官各戴朝冠穿朝衣持笏從靈霄門上仝唱

南呂宮正曲　懶畫眉

蕊闕瑤宮麗層霄。韻畢雨箕風垂象昭。韻紫微中坐五雲交。韻訣蕩天門曉。韻合廣樂鈞天奏泬寥。韻

分白理以推遷氣並行、曰天曰地强爲名、只緣人是乾坤宰、全白天帝因之亦肖形、我等乃靈霄金闕值殿仙官是也、今日玉帝陞座、羣神朝賀之期、只得在此伺候、內奏樂四仙官白你看祥雲四起、仙樂盈空、早有衆星官來也、淨扮東嶽生扮西嶽末扮南嶽外扮北嶽各戴冕旒穿蟒束玉帶執圭從上場門上分白人願

天從竟不疑、莫言圓蓋便無私、地下空存黜鬼簿、人間自有上天梯、吾乃東嶽是也、吾乃西嶽是也、吾乃南嶽是也、吾乃北嶽是也、全白今當早朝、玉帝陞殿、不免肅恭伺候、內奏樂馬趙溫劉四帥六丁六甲仍全從昇天門上分侍科雜扮千里眼順風耳各戴套頭穿蟒束玉帶執笏雜扮四星官各戴皮弁穿蟒束玉帶執笏雜扮四宮娥各戴過梁額仙姑巾穿宮衣執提爐雜扮四宮官各戴宮官帽穿蟒繫絲縧執符節羽扇雜扮金童戴

紫金冠穿氅繫絲縧執符節雜扮玉女戴過梁額仙姑巾穿氅繫絲縧執符節仝從靈霄門上場上設高臺帳幔桌衆各分侍科四嶽作參拜科唱

南呂宮正曲　宜春令

蕊珠迥、讀絳闕遥。韻瀹祥雲靈風瑞颷。韻鳳輿麟輦。句霓旌列隊珠幢導。韻三清引仙樂悠揚。句八紘散神香繚繞。韻合天容、讀穆穆明明。句蒼蒼皛皛。韻金童玉女白有事出班宣奏、無事捲簾退朝、東嶽向上跪科白臣東嶽謹奏、西嶽向上跪科白臣西嶽謹奏、衆宮官白 奏來、東嶽白 今有唐朝尚書顔眞卿本列仙班、祇緣宿業久謫人間、應受李希烈之害、念眞卿能殺身報國、當令復位、西嶽白 玆者李希烈朱泚之亂臣界內當厄運之秋也、有忠臣義士、因殺身以成仁也、有宿業新殃、遭刼數而受戮、這些陰陽報應、必得明諭廣宣、使那世人知道陽有王法、陰有鬼神、東嶽全唱

又一體

寥天一讀 一天寥。韻 任羣生身來鏡昭。韻 奈蜉蝣朝暮。句 飛蛾撲火眞堪悼。韻 王侯第寒雨荒榛。句 漢

唐陵斜陽敗草。韻合　惺惺讀　憑這晨鐘。句　一聲驚覺。韻

金童玉女白　玉旨下、准奏即同諸神會議施行、東嶽西嶽白　領旨、衆宮官白　退班、東嶽西嶽起科作退從兩場門分下南嶽向上跪科白　臣南嶽謹奏、北嶽向上跪科白　臣北嶽謹奏、衆宮官白　奏來、南嶽白　臣界內王舍城中、善民傅相、樂行善事、會經採訪使者巡察可據、又據城隍土地報奏相同、北嶽白　臣界內有善行秀才陳榮祖、學問淹通、功名沉滯、鬻子養親、身遭屈死、理合明彰

報應、南嶽全唱

又一體 形聲著讀 影響昭。韻 百般的全由己招。韻 帝聽天視。句 明明尺宅堪尋討。韻 恒沙數禍福之門。句 却原來塵塵自造。韻合 惺惺、讀 憑這晨鐘。句 一聲驚覺。韻

金童玉女白 玉旨下、准奏、卽同諸神會議施行、南嶽北嶽白 領旨、衆宮官白 退班、南嶽北嶽起科作退從兩塲門分下衆全唱

慶餘 星辰拱北靈雲繞。韻 內有金堂名太渺。韻 一般的

雉尾雲移且退朝。

韻金童玉女衆宮官仍全從靈霄門下馬趙溫劉四帥六丁六甲遶場科仍全從昇天門下

第二齣　香茗筵大舅貸金　古風韻

生扮羅卜戴巾穿道袍帶數珠從上場門上唱

【小石調引】【憶故鄉】時值仲春天。韻萬卉千葩色色鮮。韻中場設椅轉場坐科白我羅卜傳家積德、廣結善緣、幸邀天祐、喜得雙親康健、今日花朝、不免整備筵席、請爹爹母親花前翫賞一番、安童那裏、小生扮安童戴羅帽穿屯絹道袍繫鑾帶從上場門上白二月風光好、陽春景物

鮮官人有何吩咐、羅卜白香茗筵席、齊備了麽、安童白
齊備多時、羅卜起隨撤椅科羅卜白爹娘有請、外扮傅
相戴巾穿氅帶數珠從上場門上唱

仙呂宮引子規報道。句錦片東風。句歸來閣外欄前。
韻旦扮劉氏穿氅帶數珠小旦扮金奴穿衫背心繫汗
巾隨從上場門上劉氏唱一家早起。句畫堂鋪設華筵。
韻羅卜作拜見科傅相唱正屬良辰美景。句況我家子
孝妻賢。韻衆仝唱誰得似。讀恁清閒快樂餘年。韻羅卜

白　告禀爹娘、今乃花朝節届、孩兒特備香茗筵席、請爹娘賞翫春光、傅相劉氏白　生受你了、羅卜白　看香茗來、場上設席傅相劉氏入桌各坐科金奴安童向兩場門取茗盞隨上羅卜接盞定席畢亦坐科唱

仙呂宮正曲　高捲珠簾。押　向東風花下、讀　開設瓊筵。韻　蘭香滿泛。句　同飲共樂花前。韻　留連。韻　樂事天倫多堪羨。韻　世清寧人懽忭。韻合　艷陽天。韻　且及時行樂讀　任他催換流年。韻安童金奴復送茗科傅相劉氏唱

又一體

堪憐○韻 碧草芊芊○韻 見花翻疊錦讀 柳帶輕烟○
韻 看銜泥紫燕○句 紛紛飛繞梁間○叶 年年○韻 畫錦堂前
開綺宴○韻 樂天倫歡無限○叶合 艷陽天○韻 且及時行樂
讀 任他催換流年○韻 衆全唱

仙呂宮正曲 錦衣香

春景鮮○句 堪留戀○韻 灼桃夭○句 垂楊線○
韻 試看滿目繁華○句 人生幾見○韻 青山綠水一年年○韻
人如朝露○句 燭影燈前○韻 傳相唱 榮耀非吾願○韻 笑世
俗利鎖名牽○韻合 富貴何足美○韻 隨時消遣○韻 悠悠世

事、讀何須嗟歎。叶衆全唱

仙呂宮正曲 漿水令 喜今朝景麗花妍。韻 春晝永暖日晴暄。韻傳相劉氏羅卜各起隨撤桌椅科衆全唱 和風飄拂綺筵前。韻 優游安享、讀 快樂無邊。韻 徵嘉瑞。句 慶韶年。韻羅卜唱 椿萱齊茂同康健。韻傳相唱合 當思念。句 當思念。疊 積善家傳。韻 人生裏。句 人生裏。疊 行善爲先。韻衆全唱

慶餘 韶光景物猶堪戀。韻 解迎人春風撲面。韻羅卜唱

對景娛親樂自然。韻全從下場門下副扮劉賈戴巾穿
道袍執扇從上場門上唱
中呂宮引 遶紅樓 習習和風拂面前。韻 楊柳外花影秋千。韻
荏苒光陰。句 暗中流轉。韻人生 行樂及韶年。韻白西江
月 家住淸溪鎮上、性情暴戾乖張、四鄰八舍懼吾行、誰
敢將咱違抗、稍有語言觸犯、霎時攪海翻江、揮拳鬬勇
勝剛强、慣使粗豪伎倆、自家劉賈別號明軒、父母早亡
無兄無弟、止有姐姐一人、出嫁傅門、喜他家私豐厚、只

是一件、他却不會享用、屢代長齋豆腐麵觔、是他對頭、三牲五鼎、何曾沾口、若是我劉明軒有這樣家私、何妨肉山酒海、且圖今世、那管來生、這是閒話而已、我今要往福建販賣貨物、奈因本錢不彀、特來與姐夫這裏借貸相湊、以便經營、來此已是有人麼、安童從上場門上白怕是那箇、作出門見科白舅爺來了、劉賈白員外安人都在那裏、安童白員外安人都在堂上、待我通報、作進門稟科白稟員外安人、舅爺到了、傅相劉氏羅卜金奴仝從上場門上傅相劉氏白　快請相見、安童白　舅爺有請、劉賈作進門科白　連日家務相纏、有失問候姐夫姐姐、傅相白　好説、有失趨迎、望乞恕罪、劉賈白　豈敢、羅卜白　母舅拜揖、劉賈白　罷了、場上設椅各坐科傅相白　我兒安排香茗、我與大舅敘談、羅卜應科仍從上場門下安童隨下劉賈白　不消、府上的清茶、我却喫不慣、今日一來問安、二來有椿下情相懇、傅相白　有何事情、請道其詳、劉賈白　容禀、唱

中呂宮正曲 駐雲飛

曉暮饔飧。韻 坐食難堪日漸貧。韻 欲往他鄉郡。韻 買賣經營運。韻 㖩。格 指日別家門。韻 本銀艱窘。韻 特地來求。讀 望乞相挈襯。韻合 覓利歸來感你恩。韻傅相劉氏唱

又一體

不必虛文。韻 親串相依非外人。韻 既少經營本。韻 吾當相挈襯。韻 㖩。格 便可別家門。韻 他方營運。韻 覓利歸來。讀 合宅歡無盡。韻合 聊表夫妻兩意勤。韻劉賈白 看文房來待我立券、傅相白 不要立券、但不知大舅、

要用多少、劉賈白　我有本銀七百兩乞借三百湊成千金可以前去、傅相白　安人你去取來、劉氏應科起隨撤椅劉氏仍從上場門下金奴隨下劉賈白　我方纔打會緣橋下過來、只見求濟紛紛、僧道聚集、陰功雖大、只是善門難開、傅相白　感賴上天庇佑、祖宗遺下家資、使我享此豐衣足食、不忍見這些貧苦饑寒、捐資齋濟、出乎本性、劉賈白　難爲姐夫、要是我如何捨得、各起隨撤椅科金奴持銀從上場門上作付劉賈銀科白　銀子有了、請舅爺收下、仍從上塲門下劉賈白 奉問姐夫、但不知每月要多少利息、傅相白 至親之誼、利息分文不要、貿易回來、只還本銀就是了、劉賈白 如此多謝、告辭了、傅相白 簡慢了、劉賈白 好說、多蒙借貸作經營、傅相白 涉遠驅馳爲利名、劉賈作出門傅相送科仍作進門從下塲門下劉賈白 爲覓蠅頭微利息、不辭戴月與披星、從下塲門下

第三齣　姚令言乘機刦庫　古風韻

雜扮四小軍各戴卒盔穿蟒箭袖卒褂持刀雜扮四軍卒各戴將巾穿蟒箭袖排穗持鎗引丑扮姚令言戴荷葉盔紥靠紥令旗雜扮執纛人戴馬夫巾穿蟒箭袖卒褂執纛隨從上場門上姚令言唱

仙呂宮引　夜行船　半萬雄兵親自統韻　旗指處威震關中韻　將士原驕句　刀兵卒動韻　唐室君臣猶夢韻　白　自家姚

令言是也帶領涇原兵馬五千往救襄陽之圍路過長安軍士俱求厚賜尀耐盧杞那廝祇以粗糲菜饌賞勞三軍俺乘機激變搶了大盈瓊林二庫大唐天子帶領文武官員出北苑門去了軍卒們何不大肆擄掠一番

衆應遶場科仝唱

正宮正曲　四邊靜

涇原兵勁稱無敵韻六師精紀律叶揮霍動風雲句黎民染鋒鏑韻合見禁門咫尺韻搶瓊林頃刻韻但要飽金帛句何曾論功績韻衆吶喊仝從下場

門下淨扮錢眼開戴紗帽穿圓領急從上場門上唱

仙呂宮正曲 鐵騎兒 跑得快。韻 跑得快。疊 一步一踹。韻 奔到城兒外。韻合 把頭摸了。句 在也還不在。韻 白 小子京兆尹、錢眼開便是、正在堂上編保甲、不料涇原兵馬、突然殺進城來、嚇得我魂飛魄散、也不及退堂、疾忙鑽牆而出、遠遠望見亂兵又來了、 內吶喊科末扮源休科頭穿道袍急從上場門上唱

雙調正曲 字字雙 向前狠狽快飛跑。韻 一道。韻 趕上同僚好

同逃。韻熱鬧。韻作見科錢眼開唱　緣何頭上烏紗帽。韻落掉。韻源休唱合　原來就是錢京兆。韻還好。韻還好。疊

錢眼開白　源少卿那裏來、源休白　小弟正在街上拜客、亂兵殺來、只得棄轎而逃、身上公服都被剝去了、錢眼開白　如今怎麼好、源休白　忠臣死難的事、是不能做的、走又沒處走、那朱太尉與我相好、知他素蓄異志、如今我兩人速去投誠、勸他早正大位、我與你原是從龍之臣、錢眼開白　有此妙路、不必多疑、就走罷、源休仝唱

黃鐘宮正曲　滴滴子　好重做。句　好重做。疊　高官大員。韻　再厚斂。句　再厚斂。疊　低銅臭錢。韻　爲人、讀　只圖榮顯。韻合　落得潛身去。句　救却眼前。韻　倘得收留、讀　謝天恩眷。韻全

從下場門下內吶喊科副扮道士戴道冠穿道袍法衣持鈴急從上場門上唱

中呂宮正曲　撲燈蛾　硃符都是謊。句　硃符都是謊。疊　咒語全無准。韻　性命難卜存。韻　叫聲救苦天尊。韻　也。格　從下場門下雜扮和尚戴和尚帽穿僧衣急從上場門上唱向

虛空打箇問訊。韻只求着護法諸神。韻從下場門下雜
扮醫生戴巾穿道袍繫鑾帶背藥箱持串鈴急從上場
門上唱鬧嚷嚷冤魂成陣。韻合到今朝。讀神醫扁鵲怎
全身。韻從下場門下內吶喊科雜扮衆難婦各穿各色
衫繫腰裙急從上場門上仝唱

又一體無端禍忽來。句無端禍忽來。疊烽火驚閭閻。韻
滿地盡風塵。韻却向何方逃奔。韻也。格謊殺人鼓鼙聲
震。韻由不得喪膽驚魂韻前途去死生難問。韻合到今

朝讀桃源何處避嬴秦韻衆小軍引姚令言從上場門作殺上科源休錢眼開道士醫生和尚仝急從上場門上虛白發諢遶場科姚令言衆小軍仝唱

中呂宮正曲 紅繡鞋

任他遭刦黎民韻 黎民格 遇咱嗜殺將軍韻 將軍格 人屠戮句 舍燒焚韻 搶子女句 掠金銀韻 合這威名句 天下聞韻吶喊作趕殺科衆仝從下場門下

第四齣　䟦秀實奮志誅奸　江陽韻

淨扮朱泚戴九梁冠穿氅從上場門上白

叱咤江湖便倒流。揮戈日馭亦迴輈。如今冷笑王祥覽。腰下虔刀值幾籌。中場設椅轉場坐科雜扮四軍卒各戴將巾穿蟒箭袖排穗佩刀從兩場門分上侍立科朱泚白

俺朱泚素負大志。結連外應。欲圖唐家天下。但這椿大事。須要相時而動。今喜涇原節度姚令言引兵起

事他早晚定來迎我商議而行便了雜扮二小軍各戴馬夫巾穿蟒箭袖卒褂引丑扮姚令言戴荷葉盔紮靠從上場門上白盧杞思量作相公減糧吝賞惱元戎不防一旦干戈起宰相夫人在擄中來此已是太尉門首向小軍白外廂伺候二小軍應科仍從上場門下姚令言白門上有人麼一軍卒作出門科白什麼人姚令言白小將姚令言求見軍卒白住着作進門禀科白姚令言求見朱泚白着他進來軍卒應作出門科白着你進

去、引姚令言作進門跪見科朱泚白 節度請起、此來何事、姚令言起科白 小將昨蒙聖旨、着領兵往救襄城之困、值盧杞尅減衣糧、小將一時怒忿、立將使臣斬首、奈我官卑職小、不能服衆、今請太尉入朝、共成大事、朱泚白 不可造次、有一源休、是俺心腹、且待他到來、細細斟酌、末扮源休戴紗帽穿圓領束金帶從上場門上白 瀾翻三寸舌、免校五車書、下官源休、有緊要事來見朱太尉、此間已是門上、有人麼、一軍卒作出門科白 是那箇、

源休白　相煩通報說源休求見、軍卒白　請少待、作進門禀科白　有源休在外求見、朱泚白　吾正在此想他快喚他進來、軍卒應作出門科白　請進相見、引源休作進門見科白　太尉近祉榮暢、朱泚白　托庇粗安少卿知道麽、此位乃姚節度、源休白　此間就是姚節度久仰奉揖了、姚令言作陪禮科朱泚白　他特來請我入朝共成大事、未知進退安出少卿諒有高見、源休白　目下唐德旣衰、奸臣弄權於內、藩鎮擁兵於外、鑾輿播遷、宮殿空虛、太尉不乘此時正位、更待何時、朱泚白 只怕人心不服、源休白 這有何難、一面安慰中外、吩咐各官員、都要拘留城內、不許放出一人、還有那司農卿段秀實、老成重望、請他入朝、授一高爵、那些臣僚見段秀實既從、自然都來歸順了、朱泚白 少卿明見、正合我意、快着人去請段司農到朝中相見、二軍卒應科從上場門下朱泚起隨撤椅科姚令言源休隨朱泚遶場科朱泚白 正是蛟龍豈是池中物、姚令言源休白 自有風雲際會時、作到朝

門科雜扮二武士各戴卒盔穿雁翎甲全從下場門上
白什麼人、姚令言源休白此乃朱太尉、特請入朝、議登
大寶、二武士跪迎科朱泚姚令言源休全從下場門下
二武士隨下二軍卒引末扮叚秀實戴紗帽穿圓領束
金帶從上場門上唱
仙呂入雙角合曲北新水令乾坤正氣植綱常。韻抱丹誠霜清
月朗。韻勤王由血性。句憤賊激剛腸。韻自古忠良。韻當
此際偏神王。韻白下官司農卿叚秀實是也、不料姚令

言造逆聖駕蒙塵今早逆泚檄召衆朝臣議事竟欲篡位聞羣奸盡皆阿附順從方纔遣人請我我且入朝伺有空隙當誅戮叛逆否則以身殉難報答國恩便了來此已是金馬門不免逕入作進門科二軍卒分立科姚令言穿圓領束金帶執笏仍從下場門上作出迎見禮科白司農公今者唐室旣壞吾等共尊朱太尉爲主敢望老司農同心協助共力匡扶以成大事段秀實作怒科白姚令言休出此言想你自幼立朝豈不知綱常大

義你也是朝廷藩鎮重任、怎麼反與逆賊同謀、姚令言白俺等請朱太尉爲主、正是天時人事如此、司農公、你也不必十分的執拗、唱

仙呂入雙角合曲

正　天命人心多相向。韻　唐室應該讓。韻　人歸天與之。句　與　晉宋梁齊。句　一般無兩。韻合　堪笑你　一味莽忠良。韻　須要回頭想。韻段秀實白　你們休得這等亂道、總是這班逆賊呵、唱

仙呂入雙角合曲

蓄奸謀跋扈強梁。韻　上負君恩。句

下替臣綱。韻 陰結羣奸。句 一班猛虎封狼。韻白 姚令言你可知道君臣的大義麽。唱 天日何曾有兩。韻 何曾見好裙釵再嫁兒郎。韻 大義昭彰。韻 千古綱常。韻 況是那心膂股肱。句 怎忍輕忘。韻 內奏樂雜扮四刀斧手各戴將巾穿蟒箭袖排穗佩刀源休執笏引朱泚戴九梁冠穿蟒束玉帶從上場門上場上設椅朱泚坐科白 司農公到了司農公今日之舉我也却無此意只因衆人敦請說道朝中不可一日無君故爾權居此位特請司農

公到朝、共勷大事、段秀實作背立不語科朱泚唱

仙呂入雙角合曲　南江兒水

望你同心助。句協力匡。韻老臣重望人欽仰。韻一切朝綱君須掌。韻白老司農、若肯降心相從、唱管教你富貴在羣臣上。韻休得氣高千丈。韻合你俯首投降。韻便是蕭曹尹望。韻段秀實作怒唾科白我恨不能立斬渠魁、復整唐家社稷。那裏肯從你這夥亂臣賊子。唱恨只恨羣奸箇箇

仙呂入雙角合曲　北鴈兒落帶得勝令　鴈兒落全

降。韻憐只憐 宗社輕輕喪。韻 痛只痛 鑾輿下殿忙。韻慘只慘 士卒流離狀。韻得勝令全 呀格 淚眼問穹蒼。韻 何事覆皇唐。韻白 朱泚、你這負心的逆賊、唱你雖有曲折蛇心毒。句怎知俺 崢嶸鐵骨剛。韻 休商。韻俺 烈性無偏向。韻 非狂。韻吼 秋風看劍鋩。韻朱泚白 老司農、你休得惡語傷人、看你到那裏去、姚令言源休白 識時務者呼為俊傑、主公今日應天順人、可稱義舉、還是順從的好、唱

仙呂入雙角合曲 南僥僥令 勸君休悵快。韻 繞指本堅剛。韻只

爲那忠佞千年同黃土。句合望猛省回頭及早降。韻段
秀實白唗教那箇降你朱泚你這班篡位的奸賊不被
人誅定遭天戮唱
仙呂入雙角合曲　北收江南　呀。格惱得俺髮衝冠怒氣塞肝腸
韻豈肯落狡機關千古臭名揚。韻作奪姚令言笏打朱
泚面流血科唱先教你血淋漓頭破面皮傷。韻姚令言
源休盧白發諢科衆綁段秀實科段秀實唱少不得押
你赴雲陽。韻劃你萬千創。韻還將你頭顱武庫謹收藏。

韻朱泚白　這老賊好生無理、刀斧手、將他立刻處斬、姚

令言源休白　主公息怒、不怕他飛上天去、慢慢的處治

他罷了、唱

仙呂入雙角合曲　南園林好　管教伊須臾命傷。韻　休只望能離

羅網。韻　便插翅也如何能颺。韻合　休要你允投降。韻　須

把你試刀鋩。韻　段秀實白　妙嗄、俺段秀實今日這頭顱、

使得着也、唱

仙呂入雙角合曲　北沽美酒帶太平令　沽美酒全　試春風一霎凉。韻

試春風一霎凉。疊灑碧血淡斜陽。韻俺不能彀鐵馬金戈手射狼。韻俺魂遊帝鄉。韻俺定要叩天閽。句叩天閽誅除逆莽。韻粉碎你渠魁魍魎。韻方信我忠魂猶壯。韻俺呵。格掃淨了夔魍。韻獰蟒。韻志昂。韻氣揚。韻呀。格嘯泉臺風流跌宕。韻

太平令二至末

朱泚白　快把他斬訖報來、衆應科段秀實白　聖上老臣不能彀贍天仰聖了、衆作推段秀實從下場門下一刀斧手持段秀實首級仍從下場門上白　獻首級、朱泚起墮撤椅科白　段秀實你

方纔罵我、如今英雄那裏去了、作首級動科朱泚作驚

畏科姚令言白 快拿過了、刀斧手應科仍從下場門下

姚令言源休白 請主公將息將息、另選吉日登基便了、

朱泚姚令言源休白 叚秀實、唱

南慶餘 敎你須臾一命黃泉喪。韻說甚麼錚錚萬古樹

綱常。韻姚令言源休唱 爭似我佐命從龍姓字香。韻衆

仝從下場門下

勸善金科第二本卷上

第五齣　查壽算嶽神迎使　齊微韻

雜扮牛頭馬面各戴套頭穿門神鎧持叉雜扮四鬼卒各戴鬼髮穿蟒箭袖虎皮卒褂持器械雜扮四判官各戴判官帽穿圓領束角帶持筆簿雜扮金童戴紫金冠穿氅繫縧縧執旛雜扮玉女戴過梁額仙姑巾穿氅繫縧縧執旛引淨扮東嶽大帝戴冕旒穿蟒束玉帶從上場門上唱

中呂宮正曲　太平令　秩晉天齊。韻　神秀潛鍾造化機。韻合　含生萬類蒙嘉惠。韻　紛羽衛列金屏。韻　場上設高臺帳幔桌隨虎皮椅轉場陞座科衆各分侍科東嶽大帝白　吾乃東嶽大帝是也五嶽名尊三公爵貴察人間之善惡彰報應之無私堪歎衆生投坑落塹一去永無回轉日從來不識自家人皆由你自作自受總憑俺降禍降祥今乃稽察善惡之期恐有玉旨到來須索恭候者　天官內白　玉旨下　金童玉女白　啓大帝玉旨下　東嶽大帝白

快排香案、衆應科雜扮四侍從各戴卒盔穿蟒箭袖排穗執儀仗引生扮天官大帝戴冕旒穿蟒束玉帶捧玉旨從昇天門上衆全唱

又一體

叱馭風雷。韻 捧勅忙前迅速馳。韻合 霞旌霧轡祥光裏。韻 遵帝勅諭青祇。韻內奏樂東嶽大帝作出門迎天官大帝進門科白玉旨到、詔曰、維人之性、有善無惡、維人之心陷惡亡善、善者宜登極樂、惡者當受輪迴、今因南嶽啓奏、王舍城中傳相、廣修善事、普度衆生、特

着東嶽大帝稽察確實如果壽命將終、竟送天庭、無淹
地獄、欽哉謝恩、內奏樂東嶽大帝白 聖壽無疆、起接旨
付判官科天官大帝東嶽大帝相見科東嶽大帝白 有
勞天官降臨。實切惶悚、天官大帝白 遵奉帝勅、理當如
此、東嶽大帝白 請坐、場上設椅各坐科天官大帝白 大
帝、今奉。玉旨、道那傳相呵、唱

中呂宮 駐馬聽
正曲

樂善名垂。韻 作福施仁善行巍。韻 美他
心地清潔。句 周濟貧民、讀 拯困扶危。韻 成橋修路達中

遶。韻 檀那精進遵慈勅。韻合他一念修持。韻好將旛幢

引領、讀 早登天際。韻東嶽大帝白 我這裏每逢朔望、常

有王舍城、城隍土地申奏、道那傳相呵、唱

又一體

他 暗室無虧。韻 修善施仁無僞爲。韻白 掌案判

吏、判官應科東嶽大帝白 可將南耶王舍城中、善人傅

相壽數查看者、判官應作查簿科稟白 啓上大帝傅相

壽延五十歲、今歲將終矣、東嶽大帝白 原來如此、却也

湊巧、唱 今奉勅旨綸音。句 恰許旌揚、讀 天賜恩輝。韻 有

聲必響本相隨。韻善因福報平生遂。韻白金童玉女、可將旛幢引導、好生護送傳相、趨赴天庭、不得有悞、金童玉女白謹遵法旨、仝從下場門下東嶽大帝唱合他一念修持。韻好將旛幢引領、讀早登天際。韻各起隨撤椅科天官大帝東嶽大帝作拜別科四侍從引天官大帝仍從昇天門下衆鬼判擁護東嶽大帝從下場門下

第六齣　遇災荒傅相蠲租　齊微韻

外扮傅相戴巾穿氅帶數珠從上場門上唱

仙呂宮引　番卜算　鄉里苦流離。韻　恰值饑荒歲。韻　樂施本爲賑孤寒。句　非市馮煖義。韻　中場設椅轉場坐科白　我傅相行善持齋、修因來世、目下年歲荒歉、米價騰貴、鄉農人家、貧乏之者甚多、我想家貲已過百萬、也富到極處了、還要錢財何用、那太上感應篇裏邊說道、濟人之急、救人之危正是此時了因此特把平日積下的米穀五日一開倉聽鄉鎮窮民支取又於昨日查點賬目現有許多文劵都是人亡家破孤苦伶仃今待他們來時當面焚燬也是一樁好事生扮羅卜戴巾穿道袍帶數珠從上場門上唱

又一體

努力好修持。韻莫作中途廢。韻作拜見科場上設椅羅卜坐科末扮益利戴羅帽穿屯絹道袍繫鑾帶帶數珠從上場門上唱

好施不獨我東人。句合宅行仁

義。韻傳相白　今日是開倉賑饑的日期了、益利應科塲上設桌椅上設文劵筆硯科傳相白　益利、我想當此年歲饑荒、鄉民困苦、少頃待那佃戶債戶來時、查對明白、該租者槩不取討、負債者悉行免追、把這些文劵燒燬了罷、諺語說的好、爲富之人、只該施恩、不可斂怨、只該積福、不可生災、入桌坐科白　這租簿文劵呵、唱

仙呂宮解三醒　正曲

正是狠地煞降災的符水。韻却也是善天官賜福的旌旗。韻白　那窮民呵、唱　他身家性命相關

係。韻 全靠着這東西。韻羅卜白 看這樣饑荒年歲、不若施些方便、孩兒的意念、正是如此、傅相白 我行此事、不過免災息怨、並不敢起積福施恩的念頭、唱 只要我公平寬厚心無忝。句 休認做市義行權跡可疑。韻合 焚殘契。韻 念心誠爲善、讀 毫髮無欺。韻雜扮衆男女百姓各戴氈帽穿各色道袍衫繫腰裙持布袋從上塲門上全白 我等鰥寡煢獨、命途多舛、值此荒年、衣食不充、幸得傅長者廣行仁德、將歷年積下的糧米、五日開倉一放、救了我們多少人的性命今日又是放米之期我等湊齊前去衆位我們受了傅長者如此大恩不能報答大家替他念佛保佑福壽綿長便了作到科一百姓白來此已是門上那位在益利作出門科白什麼人衆位想是爲支米來的麼衆仝白正是益利白員外在堂上請進相見衆仝作進門見科白員外在上我們衆人行禮傅相白罷了傅相羅卜出卓中塲設椅各坐科衆仝白員外你是我衆人的恩主救人溝壑中性命我等難以

報答、只是背後替你老人家念佛、傳相白 年歲荒旱、大家有無通融、理之常也、還有一說、今日衆位在此內中也有欠我租的、也有少我債的、我今將租簿文券、盡行焚燬、棄不取討了、衆全白 員外說那裏話、員外又不曾收我們的重租、年歲略好些、我們少不得變賣償還、斷不敢昧却良心、欺你老人家、員外如今世上的富家翁呵、唱

又一體 他愛老憐貧能有幾。韻不過是積利貪財仗勢

威。韻誰似你拯危救困多仁義。韻傳相白我也非是要衆位說好、念傳相全無德能、安享世業、恐遭上天呵譴、唱因此上盡我力救人危。韻這一心樂善非沽譽。句休認做市義行權跡可疑。韻白取火來、益利應科向下取火隨上傳相取文券焚科丑扮土地戴巾穿土地氅繫絲絛持拂塵從上塲門暗上作接券科仍從上塲門暗下傳相唱合焚殘契。韻念心誠爲善、讀毫髮無欺。韻衆全白好員外、難得、衆作叩謝科全唱

仙呂宮
集曲
解醒歌　解三醒首至合

這陰功行來不細。韻　願福壽嵩嶽崔巍。韻　天公着眼須垂庇。韻　綿福壽更無危。韻　傅相羅卜唱　今朝焚券原無意。韻　衆全唱　可知道神鬼冥冥暗裏隨。韻　排歌合至末句　善功滿。句　行無虧。韻　心田世德永栽培。韻　白　員外呀、唱　願你身康健。句　福祿齊。韻　百年眉壽樂熙熙。韻　益利白　你們衆人、各自取米、那裏自有人照應、衆應科　全從下場門下　外扮李厚德戴浩然巾穿道袍繫絲縧帶數珠持拄杖從上場門上白　交友當忠告持身在直躬、一鄉有善士、却喜性情同、老夫李厚德是也、與鄰比傅長者交好、今日閒暇、不免過訪、來此已是有人麽益利白是那箇、作出門見科白原來是李公、李厚德白員外在家麽、益利白在堂上、李厚德白相煩通報、益利應作進門稟科白李公來了、傅相羅卜益利作出迎引李厚德進門各作見禮塲上設椅各坐科李厚德白與長者又有好幾日不會了、傅相白便是不接教言、又將旬餘矣、李厚德白長者好善樂施之名較前

更著老漢每每出遊里巷聽那些拜惠之人頌聲載道

傅相白 不敢施捨一事並非沽名原是以天地間之有餘補天地間之不足行吾心之所安耳何敢當大公如此美譽

衆男女百姓內念佛感謝科李厚德白 這歡呼之聲是些什麼人

傅相白 老夫因見年歲凶荒人民饑饉舍間偶有餘糧五日一開倉聽那些窮民支取今日又是支領之期人衆語稠故有此喧閙之聲

李厚德白 原來如此長者你這陰功積來非小也 **唱**

又一體　值凶年似河東河內。韻有誰人把民粟相移。韻

美君家賑濟多高義。韻與那指囷的不差池。韻傅相羅

卜唱想誼關鄉黨應周急。韻益寡裒多理所宜、。韻衆男

女百姓各負米仍從下場門上仝唱合慚比顏曾公。句

乞米時。叶揮將墨蹟達相知。韻好似曾仲由。句負米歸。

韻賚將白粲奉親幃。韻作出門科仍仝從上場門下李

厚德白原來有這些人在此支領、這等看來散去的米

却也不少了、傅相白也還不算甚多、李厚德白語云饑

時一口勝似飽時一斗、這件陰德比別樣更大。傳相白多嘗過譽了、李厚德白就此告辭了、各起隨撤椅李厚德作出門傳相羅卜益利送出門科全唱

情未斷煞　任闗支無留滯。韻荒年得此免啼饑。韻傳相白此時呵、唱不知有多少窮民餓肚皮。韻李厚德仍從上場門下傳相羅卜益利作進門科全從下場門下

第七齣　金童玉女接昇天　先天韻

雜扮四皂隸鬼各戴皂隸帽穿箭袖繫皂隸帶持器械從上場門上跳舞畢分侍科雜扮判官戴判官帽穿圓領束角帶持筆簿雜扮鬼使戴鬼髮穿蟒箭袖軟紮扮持鎗引生扮城隍戴幞頭穿圓領束金帶從上場門上

唱

仙呂宮引　奉時春　管轄名城萬井烟。韻　却不比人間南面。韻

天地無私句　陰陽有變韻　請看業鏡人心見韻場上設

公案桌椅轉場入坐科白

　赫奕威靈正殿開滿城誰不

磕頭來無窮乞福知何有一種愚夫大可哀小聖王舍

城城隍是也曾蒙玉帝勑旨加封福德大王爲善爲惡

人之存心不同作福作災神之所報無異昭明有感報

應無差手下的但有投文掛號的引他進來衆應科淨

扮文星戴文星髮紥文星斗穿文星衣持號文從上場

門上白

　太平文運自天開五百英雄獨占魁仙桂於人

原有約只從心地自栽培吾乃梓潼帝君門下科目文星是也今有善信秀才學問優長功名淹滯數年以來尊奉文昌帝君垂訓竈司奏上玉皇勅令文星主照竟往城隍臺前掛號到他香火堂中安住此間便是文星掛號、衆通報城隍出座迎科文星作進門相見科城隍白文星爲何下降、場上設椅各坐科文星唱

仙呂宮正曲 風入松 有一箇 書生才行兩般全。韻 奈三條樺燭新煎。韻 堅持陰隲終無倦。韻 到今日文星纔現。韻合

奉帝勅原非偶然。韻看蕊榜早登仙。韻城隍唱

又一體原來丹桂種心田。韻擅雕蟲只恐徒然。韻有才

無命休嗟怨。韻爭得那朱衣方便。韻合誰透起文光動

天。韻白就此掛號前去、各起隨撤椅城隍入公案作寫

號文科唱注一筆早掄元。韻文星作接號文隨出門科

白莫道天梯容易上、全憑陰隲作扶持、從下場門下雜

扮送聖郎君戴套頭穿蟒箭袖卒褂擔子孫袋引老旦

扮九天聖母戴鳳冠仙姑巾穿蟒束玉帶抱麒麟兒持

號文從上場門上白　人有善願天必隨今來古往事無
疑、孔子釋迦親保送、並是天上麒麟兒、吾乃九天聖母
是也、今有賢夫賢婦、持齋積善、祈求子嗣、竈司啓奏玉
皇、勅令賜他麒麟之子、須索抱送前去、者此間是城隍
廟了、通報、送聖郎君白　聖母到、衆通報城隍出座迎科
九天聖母作進門相見科城隍白　聖母降凡、有何法旨
場上設椅九天聖母坐科唱
又一體　擎將一顆掌珠圓。韻看充閭佳氣迴旋。韻白為

有那賢夫賢婦、廣積陰功、祈求子嗣、唱這根由早被神明眷。韻說甚麼入懷投燕。韻白竈司奏聞上帝、特賜佳兒、唱合把善念吹噓送上天。韻敎他瓜瓞樣永綿綿。韻

城隍唱

又一體　徵蘭好夢幾時圓。韻定霑他玉果犀錢。韻那神光照室明如電。韻識英物試啼聲遠。韻合知天上麒麟不浪傳。韻白就此掛號前去、九天聖母起隨撤椅科城隍入公案作寫號文科唱敎他瓜瓞樣永綿綿。韻九天

聖母作接號文隨出門科白　磽磽頭玉今朝識纍纍腰金他日期

從下場門下送聖郎君隨下雜扮金童戴紫金冠穿氅繫縧絲持號文執旛雜扮玉女戴過梁額仙姑巾穿氅繫縧絲執旛從上場門上仝白

玉女金童對對珠旛寶蓋飄飄降臨凡世迓仙曹永享長生不老我們奉東嶽差遣迎接傳相昇天先見城隍掛號此間便是不免進去

作進門相見科城隍白　金童玉女何來

金童玉女白　只爲傳相呵

唱

又一體　長齋繡佛志金堅。韻積陰功累百盈千。韻賑凶荒閭里恩沾遍。韻更義效馮煖焚券。韻白喜他功行圓滿、南嶽奏聞上帝、特勅我等前來、迎接昇天、唱合早趨承玉皇案前。韻教他去證位大羅天。韻城隍唱

又一體　知伊功德浩無邊。韻種根苗火裏生蓮。韻把恒沙世界香熏遍。韻只一點菩提心現。韻白就此掛號前去、作寫號文科唱合早趨承玉皇案前。韻使他去證位大羅天。韻金童玉女作接號文隨出門科白豈知天上

神仙輩、原是人間善信人、仝從下場門下城隍出座隨

撤公案桌椅科城隍唱

【慶餘】福因善慶緣非淺。韻這人生樂事皆如願。韻方顯得就裏陰功造化權。韻衆引仝從下場門下

第八齣　花樹月亭逢視聖　江陽韻

雜扮金童戴紫金冠穿氅繫絲縧執旛雜扮玉女戴過梁額仙姑巾穿氅繫絲縧執旛從上場門上仝白

玉節飄颻下八埏、爲迎善士去昇仙、人間富貴塵如海、虛度淸風白日天、金童白　傅相在花園燒香、正好前去迎接、玉女白　說得有理、仝白　正是心存一念善、天與十分春、仝從下場門下外扮傅相戴巾穿行衣帶數珠從

上場門上唱

仙呂宮引鵲橋仙烏飛兔走。句不停天上。韻又值春風蕩漾。韻中場設椅轉場坐科生扮羅卜戴巾穿道袍帶數珠從上場門上唱香紅濃綠好韶光。韻正院宇花梢月上。韻作拜見科場上設椅羅卜坐科傅相白氤氳花氣透珠簾倦蝶棲香夢自酣老我百年過半百感時三月又初三我見碌碌無能何事有功世教孜孜爲善庶可默契天心適見金烏西墜又早玉兔東昇已曾吩咐益利安排香案在花園之內、禱告天地神明、上祈聖壽萬年、下保民安國泰、羅卜白爹爹義方之訓孩兒敬仰、末扮益利戴羅帽穿电絹道袍繫鸞帶帶數珠從上場門上白桃花亂落如紅雨、新月初生似玉鈎、作拜見科白員外、香供齊備了、請員外起行、各起隨撤椅科傳相白春事九分九、羅卜白佳期三月三、益利白百花開已遍、仝白又恐見花殘、作到科場上設香几上設爐瓶傳相拈香禮拜科唱

仙呂宮　八聲甘州　正曲

月鈎新樣。韻　寶爐內焚着。讀　一炷名香。韻　花香馥馥。句和　爐香直透穹蒼。韻　願得　皇王萬壽三才順。句　天地無私品物昌。韻合　安康。韻　祝我皇福壽無疆。韻　起科羅卜拈香禮拜科唱

又一體

再上。韻　香雲蕩蕩。韻　遙瞻望清虛。讀　萬里茫茫。韻　衷誠至願。句對　蒼天一一敷揚。韻　願得　家家子孝親心樂。句　箇箇臣賢國祚昌。韻合　安康。韻　祝君親福壽無疆。韻　起科隨撤香几設椅傅相坐科金童玉女從天井

雲兜下金童持公文白善人請看來文、傳相起科白知道了、金童玉女仍隨雲兜上傳相作昏跌科白我見益利適纔上香甫畢、忽見紅光映地、照人如畫、有金童玉女手執來文、迎我昇仙、羅卜白爹爹休出此言、傳相唱

又一體

遙望。韻天曹下降。韻望天門詄蕩讀帝闕蒼茫。韻羅卜白爹爹請回罷、羅卜益利作攙扶傳相起隨撤椅科傳相唱疾忙稽首。句中心悚懼兢惶。韻又只見金童玉女幢旛引。句我驀地心搖似旆揚。韻合叅詳。韻笑

吾生一旦無常。韻羅卜白爹爹怎麽樣、傅相白我多應不濟事也、羅卜白爹爹好自將息、傅相白想我爲人心無雜念、積善施仁、但得有昇仙的日子、這就好也、我想人生在世、有生有死、誰人免得、益利、前往會緣橋、邀請僧道尼師、明日早來、我家有話說、益利應科從下場門下內打三更科傅相唱

慶餘 譙樓鼓送三更響。韻杜宇聲聲夜未央。韻羅卜唱且自寬心到晝堂。韻全從下場門下益利持燈籠從上

塲門上白天有不測風雲、人有旦夕禍福、我東人在後花園燒香、忽然精神恍惚、筋力衰微、着我前去請僧道尼師、須索速往、但願佛天相感應、保佑東人福壽增、從下塲門下

第九齣　苦叮嚀傳相囑妻　齊微韻

場上設香案科旦扮劉氏穿氅帶數珠從上場門上唱

南呂宮正曲　懶畫眉　年華駒隙去如飛。韻　暗裏回頭綠鬢非。韻白　滿堂列聖、我夫妻二人呵、唱　長齋繡佛共皈依。韻　願求百歲消災悔。韻合　淸磬蒲團性不迷。韻作拈香禮拜科生扮羅卜戴巾穿道袍帶數珠從上場門上唱

又一體　長娛白髮舞斑衣。韻　椿樹萱花兩影齊。韻作拜

見科劉氏白　孩兒、我在此燒香、保佑你爹爹病好、你也該虔誠禮拜、羅卜作拈香禮拜科唱　願祈佛力大慈悲。韻一朝頓令沉疴起。韻合　鶴健梳翎立翠微。韻白　母親、今日天氣晴和、請爹爹出來行走行走如何、隨撤香案科劉氏羅卜虛白仝扶外扮傅相戴巾紮包頭穿行衣繫腰裙帶數珠從上場門上雜扮二梅香小旦扮金奴各穿衫背心繫汗巾隨上場上設桌椅傅相入桌坐科唱

又一體

夕陽荏苒過牆西。韻半覺莊園蝶夢非。韻杜鵑聲裏落花飛。韻四山相逼寧由已。韻合一句彌陀是玉梯。韻塲上設椅劉氏羅卜各坐科白員外爹爹容顏瘦了些、傅相白長江後浪催前浪、世上新人趲舊人、昨晚花園燒香、恍惚見金童玉女、持寶蓋珠旛、似接引我昇仙之意、只恐在人世不久的了、劉氏白員外休疑、想是神佛前來現形保佑你、淨扮僧明本戴僧帽穿僧衣繫絲縧帶數珠持拂塵生扮道貞源戴道巾穿水田道袍繫絲

縧持拂塵老旦扮尼貞靜戴僧帽穿老旦衣持拂塵仝
從上場門上白　勿謂今日不修而有來日勿謂今年不
修而有來年日月逝矣歲不俄延嗚呼老矣是誰之愆
末扮益利戴羅帽穿屯絹道袍帶數珠從上場門上虛
白作出門見科白　衆師傅到了待我通報員外作進門
科白　員外衆位師傅到了傅相白　請進來益利應作出
門科白　衆位師傅有請引衆作進門相見場上設椅各
坐科傅相白　昨夜花園中上香的時節恍見金童玉女

前來接引、列位、吾是不久的了、明本貞源貞靜白　齋主

休疑、還有百年長壽、傳相唱

南呂宮　香羅帶

正曲

休更疑。韻白　死生我已知。韻　塵緣盡期。韻　禪師鍊師

今日告辭了、唱念　白雲結社共相依。韻也。

格撇下　妻和子。句　望提持。韻　誦經念佛須教伊。韻合　我

此去擺將　雙手　㐲　遨嬉。韻　也。格看　華表歸來還謝你。韻

明本貞源貞靜白　齋主請保重、吉人天佑、我等替齋主

念佛去、各起隨撤椅科仝白　正是受恩深處休忘報、全

仗看經念佛功、作出門科全從上場門下傳相白 益利、

看香案來、待我拜謝天地祖宗、益利應科塲上設香案

劉氏羅卜扶傳相起作拈香禮拜衆隨禮拜科傳相唱

又一體 神靈感護持。韻 精誠素知。韻各起隨撤香案科

傳相白 安人、常說我和你舉案齊眉、百年偕老、今日裏

呵、唱 撥開金鎖隻鸞飛。韻劉氏羅卜扶傳相入桌各坐

科劉氏羅卜白 還望員外爹爹病好、傳相白 安人、我兒生死

到來、無常迅速、唱 早安排香駕赴齋期。韻 也。格你母子

煢煢影。句兩相依。韻何生何死我常是看着你。韻合好教我一絇絛斬斷萬絛齊。韻也。格無處着人間苦海逃。韻白安人我家祖上以來三代持齋七輩行善我死之後、你可依舊持齋行善休忘了花臺盟誓你就是賢妻了、劉氏作悲科白這箇自然、傳相白我兒我若死後、你立心行事、仍前不改我志、你就是孝子了、羅卜作悲科白孩兒謹依嚴命、傳相白我兒這益利自幼小心隨我益利作哭跪科傳相白他年紀將及五十、也算得箇老義僕了、自今以後、你竟把他義兒看待、羅卜白 孩兒知道、傅相白 益利、我辭世以後、安人寡居、官人又年幼、家中內外一切事情、付托與你、會緣橋依舊布施齋僧、千萬不可荒廢、勿負我托、益利作哭應科白 小人怎敢有負、內奏樂雜扮金童戴紫金冠穿氅繫絲縧執旛雜扮玉女戴過梁額仙姑巾穿氅繫絲縧執旛從天井雲兜下全白 善人時辰已屆、早辦起程、金童玉女仍從天井上傅相作昏跌科劉氏羅卜益利扶哭科羅卜白 爹爹、爲何這樣光景、傳相白　我方纔忽覺一陣香烟繚繞仙樂悠揚、又見金童玉女、幢旛寶蓋、前來迎接、此去應登極樂世界、倒也不苦、你們休得悲傷、看冠帶過來、衆梅香應科向下取冠帶隨上與傳相穿戴科傳相唱

又一體

韻笙簫雲外吹。韻天香馥馡。韻繡旛搖曳前導遲。韻更飄颻羽蓋碧空飛。韻也。格這路通霄漢。句去無逃。韻霞烘五色光陸離。韻白　安人、我兒、我生本無生、有何來去、你們也不必悲哀、只是傳家屢代持齋奉佛、待我

寫下遺囑、我今死後、你們依舊持齋奉佛、不得有違、劉
氏羅卜虛白命衆梅香向下取紙筆隨上傳相作寫遺
囑科白 安人、我兒、你們須是謹守遺囑、不得有違、我今
此去呵、唱合 到瓊樓玉宇、與瑤池。韻 也。格 化一朶兒彩
雲來遙度你。韻白 女菩薩、善男子、告辭了、作一笑氣絕
科衆跪哭科明本貞源貞靜仍從上場門上仝白 悟徹
無生憑石火、靜談半字、散天花方纔聞得齋主病危、不
知怎麽樣了、我等再去看看、作到科白 裏面有人麽、益

利白　是那箇、作出門見科白　原來是衆位師傅、我員外
去世了、引衆作進門科明本貞源貞靜白　老安人小官
人且免悲啼、人死不能再生、待我們持誦神咒願齋主
早昇天界安人官人快去料理後事要緊、劉氏羅卜衆
全從下場門下明本貞源貞靜向上誦大悲咒內奏樂
金童玉女從兩場門分上丑扮土地戴巾穿土地氅繫
縧縧持拂塵從上場門上天井內下雲兜金童玉女扶
傅相上雲兜隨各上雲兜從天井上土地作送科仍從

上場門下雜扮傳相替身戴紗帽穿圓領束金帶暗伏桌上科劉氏羅卜益利金奴全雜扮八院子各戴羅帽穿屯絹道袍繫鑾帶雜扮八梅香各穿衫背心繫汗巾從兩場門分上作哭科明本貞源貞靜白老安人和小官人、且自節哀、我等告辭、全作出門科從上場門下劉氏羅卜作哭科唱

南呂宮集曲 學士解醒 三學士首至合

一霎幽明兩地違。韻山崩梁木傾頹。韻爲甚芙蓉定欲迎城主。句夜月偏教犯少微

韻解三醒 敎人悲痛腸俱裂。句 卽使 淚眼流枯天豈
知。韻合 騎箕尾。韻多應化 光芒星斗。讀 傅說齊輝。韻益
利金奴衆院子梅香作哭科唱
又一體 鶴去空山猿狖啼。韻 主恩酬報何時。叶 幾曾見
康成怒遣泥中跪。句 敢望那 李善他年知遇奇。韻白 我
的員外呵。唱 帝鄉竟自乘雲去。句 石槨應敎駟馬悲。韻
合 彈珠淚。韻把那些 樵青鼓枻。讀 風月休提。韻劉氏羅
卜唱

慶餘　人間離別傷心地。韻　況又是一去千秋更不回。韻

益利金奴白　安人、官人、且免悲傷、員外此去、唱也儘受用　瑤草瓊花天上奇。韻　衆扶傳相替身作哭科全從下場門下

第十齣　悲哽噎羅卜哭父　古風韻

塲上設傳相靈桌魂旛科丑扮齋童戴羅帽穿屯絹道袍繫縧帶從上塲門上唱

東人差遣、蓋不由已、自家齋童是也、小官人着我伺候香茗、恐老安人出來拈香、只得在此伺候、從下塲門下

末扮益利小生扮安童各戴羅帽穿屯絹道袍繫縧帶扶生扮羅卜戴巾穿素道袍從上塲門上唱

黃鐘宮引　玉女步瑞雲　昊天不弔。韻　痛靈椿棄我何早。韻　從此把蓼莪廢郤。韻　白　我羅卜年未及立學不通宗不幸爹行辭世使我痛心欲絕今已入殮不免設齋供養聊盡子情齋童那裏　齋童仍從下場門上白　來了　聽得官人喚忙步到跟前官人有何吩咐　羅卜白　齋供可曾齊備　齋童白　齊備了　羅卜白　伺候了　齋童應科旦扮劉氏穿素衫從上場門上小旦扮金奴雜扮四梅香各穿衫背心繫汗巾隨上劉氏唱

南呂

南呂宮引 哭相思 只見靈位不見夫。韻 空教留我一身孤。韻

作到靈前一梅香送茗劉氏奠茗衆隨行禮科劉氏唱

可憐你未滿六旬喪。句 痛斷肝腸淚眼枯。韻 各守靈坐

科雜扮衆女鄰各穿各色衫捧紙帛從上場門上唱

雙調正曲 普賢歌 人生若箇免無常。韻 死別生離最可傷。韻

辭世隔冥陽。韻 骨肉空淚汪。韻合 都做莊周夢一塲。韻

齋童作出門見科白 衆位鄰里少待、作進門稟科白 稟

安人鄰廂女客、都來作弔、劉氏白 道有請、齋童應作出

門引衆進門科一老女鄰拈香衆女鄰隨行禮劉氏羅
卜陪禮科衆女鄰仝唱

仙呂宮正曲　桂枝香　堪嗟人世。韻　死歸生寄。韻　可憐一夢黃粱。句　死去再無回日。韻　心酸淚垂。韻　心酸淚垂。疊　家私抛棄。韻　妻兒抛離。韻合　好傷悲。韻　人人要積家緣大。句　命盡渾如一局棋。韻　劉氏唱

又一體　多蒙鄰里。韻　來相弔慰。韻　老身感戴無涯。句　深情如同姐妹。韻　痛亡夫逝矣。韻　亡夫逝矣。疊　魂歸何地。

韻魄歸那裏。韻合好傷悲。韻人人要積家緣大。句命盡渾如一局棋。韻衆女鄰白相勸安人、員外已故、不能再生、我等特來寬解、少要煩惱、劉氏白亦知死別難逢、只是閃得我母子好苦也、衆女鄰白若論壽數半百之年、正當榮世、此乃天命註定、安人還當自解、劉氏白多承枉顧、慰我母子、銘感不盡、衆女鄰白安人耐煩、我等告回、劉氏白喪事畢了、使小兒叩謝、衆女鄰作出門科、仍仝從上場門下、羅卜扶劉氏衆隨從下場門下

第十一齣　孝子修齋建道場　古風韻

雜隨意扮二鋪排從上塲門上虛白發諢科塲上設道塲桌供佛像設法器科雜扮一大和尚二副和尚各戴僧冠穿僧衣披袈裟雜扮二十六僧衆各戴僧帽穿僧衣披袈裟全從上塲門上唱

南呂宮引　生查子　我佛起西天。句超度人無際。韻仗此意虔誠。句懺悔能消罪。韻丑扮齋童戴羅帽穿屯絹道袍繫鑾帶從上場門上作出門見科白　衆位師傅到了、作進門科白　官人有請衆位師傅到了、末扮益利小生扮安童各戴羅帽穿屯絹道袍繫鑾帶扶生扮羅卜戴巾穿素道袍作出門迎科引衆僧進門向佛前禮拜畢各坐吹打法器益利安童扶羅卜向佛前拈香禮拜科衆僧仝詠

香讚　旃檀海岸。句　爐爇名香。韻　耶瑜子母兩無殃。韻　火內得清凉。韻　至心謹將。韻　一炷遍十方。韻佛號　南無香

雲蓋菩薩摩訶薩。三稱衆僧吹打法器畢大和尚持遺子簿向靈前念科白

佛法廣無邊、功圓滿大千、有水千江月、無雲萬里天、南贍部洲大唐國僧錄司秉教佛事沙門、今爲奉佛修齋、孝子傅羅卜、孝妻劉氏、孝僕益利、暨闔家孝眷人等、是日焚香拜干洪造具詞爲薦傅府君之靈、早昇天界、永脫輪迴、孝奉鮮茗茶斟三奠、二鋪排虛白引羅卜向靈前奠茶科衆僧全詠

見聞如幻翳、三界若空華、聞佛翳根除、塵消覺圓淨、衆僧吹打法器

畢隨撤佛像法器桌并靈桌科羅卜從下塲門下益利捧靈牌安童執魂旛齋童持手爐隨衆僧仝從下塲門下右臺口設東方木德神君牌位香案左臺口設南方火德神君牌位香案左塲門口設西方金德神君牌位香案右塲門口設北方水德神君牌位香案中塲設中央土德神君牌位香案科大和尚持手爐引衆僧吹打法器從上塲門上益利捧靈牌安童執魂旛齋童持手爐隨上遶塲至東方桌前益利等跪科衆僧仝詠 東方

世界主、持國大天王、流演妙伽陀、結成金剛界金剛界菩薩摩訶薩、摩訶般若波羅蜜、南無薩哆喃、三藐三曼陀、俱知喃、怛知他、唵、折哩主哩、準提娑婆訶、衆僧吹打法器遶場至南方桌前益利等跪科衆僧仝詠

南方世界主、增長大天王、流演妙伽陀、結成灌頂界灌頂界菩薩摩訶薩、摩訶般若波羅蜜、南無薩哆喃、三藐三曼陀、俱知喃、怛知他、唵、折哩主哩、準提娑婆訶、衆僧吹打法器遶場至西方桌前益利等跪科衆僧仝詠

西方世界

主廣目大天王流演妙伽陀結成蓮花界蓮花界菩薩摩訶薩摩訶般若波羅蜜南無薩哆喃三藐三曼陀俱知喃怛知他唵折哩主哩準提娑婆訶衆僧吹打法器遶場至北方桌前益利等跪科衆僧全詠北方世界主多聞大天王流演妙伽陀結成羯摩界羯摩界菩薩摩訶薩摩訶般若波羅蜜南無薩哆喃三藐三曼陀俱知喃怛知他唵折哩主哩準提娑婆訶衆僧吹打法器至中央桌前益利等跪科衆僧全詠中央世界主大梵大

天王、流演妙伽陀、結成瑜伽界瑜伽界菩薩摩訶薩摩訶般若波羅蜜、南無薩哆喃、三藐三曼陀俱知喃怛知他唵、折哩主哩、準提娑婆訶、衆僧吹打法器大和尚領衆作轉五方科全從下塲門下隨撒五方香案設金橋科大和尚持手爐引衆僧吹打法器從上塲門上益利等隨上衆遶塲至橋邊科大和尚白　金橋窈窕、如結搆之初成、寶旛飄颻、若神魂之自在、欲到如來之法會、先登般若之法橋、此橋廼佛國之通衢、是人間之正路、到

者無非快樂、達者總遂逍遥、兹辰受薦傳府君靈魂、奉

禮慈尊、以伸引導、衆僧仝詠

金橋讚

阿彌陀佛。句 無上醫王。韻 巍巍金相放毫光。韻

苦海作舟航。韻 九品蓮邦。韻 同願往西方。韻佛號 南無

引魂王菩薩摩訶薩。三稱衆僧吹打法器一副和尚執

旛引益利捧靈牌過橋大和尚領衆過橋畢隨撤金橋

科衆仝從下場門下

勸善金科　第二本卷上

第十二齣　高僧施法度焰口　古風韻

場上設施食高臺雜扮一大和尚二副和尚各戴僧冠穿僧衣披袈裟雜扮十僧衆各戴僧帽穿僧衣繫絲縧全從上塲門上吹打法器畢大和尚向法座叅禮科詠

焰口讚　瑜珈會啓。句甘露門開。韻沙界孤魂聽法來。韻敬信莫疑猜。韻永脫塵𩆜。韻幽暗一時摧。叶衆僧吹打法器大和尚陞座科白　會啓瑜珈最勝緣、覺王垂範利人天、顯密並陳、開障礙、事理雙彰解倒懸、首座僧白請大和尚拈香、大和尚作拈香科白此一瓣香、根盤宇宙、葉覆崑崙、于眞如藏裏拈來、從妙覺海中流出、闡佛祖之眞心、開人天之正眼、爇向爐中、專申供養、衆僧仝詠

香讚　爐香乍爇。句法界同芬。韻諸佛海會悉遥聞。韻隨處結祥雲。韻誠意方殷。韻諸佛現全身。韻佛號南無香雲蓋菩薩摩訶薩。三稱首座僧白請大和尚潠水、大和尚作潠水科白夫此水者、如來藏裏、循業發現、寶華池

內、應念出生、眞空性水、性水眞空、清淨本然、而周遍法界、汪洋無際、而潤澤大千、衆僧全唱

水讚

楊枝淨水。句 遍灑三千。韻 性空八德利人天。韻 饑鬼開鍼咽。韻 滅罪消愆。韻 火焰化紅蓮。韻 佛號 南無甘露王菩薩摩訶薩。三稱 大和尚白 登瑜珈之座、六度齊修、開濟物之門、三壇等施、法不孤起、仗境方生、道不虛行、隨緣卽應、阿難習定、事非常夜、見巍巍一鬼王、聲似破車、喉似線、面燃大士、降壇場、唵啞吽、三稱 衆僧吹打

法器雜扮城隍戴紮紅幞頭穿圓領束金帶執笏雜扮土地戴紮紅紗帽穿圓領束金帶執笏仝從上場門上至酆都門作迎候科雜扮鬼王戴套頭穿鬼王衣執旛從酆都門上城隍土地引鬼王遶場對法座叅禮科場上設平臺虎皮椅鬼王城隍土地各坐科雜隨意扮地方鬼從右旁門上向鬼王叩頭科隨作查簿召衆鬼科

大和尚白　為憐幽冥之苦薦拔十類孤魂凡面燃所統侯王將相三教九流士農工商佳人才子併一切水火

漂焚、縊梁服毒、九横孤䰟、此夜今時、俱臨法會、衆僧仝

詠

佛讚

觀音菩薩大慈悲。韻呪語 唵嘛呢吽。再稱 救度衆生無盡期。韻呪語 唵嘛呢吽。再稱 有人念彼觀音力。韻呪語 唵嘛呢吽。再稱 火坑化作白蓮池。韻呪語 唵嘛呢吽。再稱大和尚白

天下孤䰟聞法語、速臨壇場享施食、衆僧仝詠

歎孤調

將相公卿。句 武備兼文事。叶 戡亂經邦。句 勳烈

轟天地。韻　壯去老來。句　難說無生死。叶　臣宰英靈。句　來
受甘露味。韻　雜扮三文臣魂各戴紗帽搭魂帕穿圓領
束金帶雜扮三武臣魂各戴貂盔搭魂帕穿蟒束玉帶
仝從酆都門上遶場對法座禮拜科仍從酆都門下衆
僧仝詠

又一體　祝髮披緇。句　熏修圖出世。韻　聽法參禪。句　學道
非容易。韻　未徹眞空。句　難免無常至。叶　出俗覺靈。句　來
受甘露味。韻　雜扮六僧衆魂各戴僧帽搭魂帕穿僧衣

繫絲縧從酆都門上遶塲對法座禮拜科仍從酆都門

下衆僧仝詠

又[illegible]

訪道修眞。句瓊島瑤池地。韻煉汞還丹。句講習長生理。韻神仙難學。句四大終拋逝。韻求道羽靈。句來受甘露味。韻

雜扮六道士䰟各戴道巾搭䰟帕穿道袍繫絲縧從酆都門上遶塲對法座禮拜科仍從酆都門

下衆僧仝詠

又[illegible]

鐵馬金戈。句三軍浮殺氣。韻兩陣爭鋒。句人命

輕如屣。韻勝敗何常。句多少沙場死。叶戰死孤魂。句來

受甘露味。韻雜扮六陣亡將士魂各戴陣亡切末盔搭魂帕穿陣亡切末衣從酆都門上對法座禮拜科仍從酆都門下衆僧仝詠

又另體

麝月蛾眉。句綽約羞花麗。韻翠袖銀箏。句氤氳滿羅綺。韻露電光陰。句青春同水逝。韻賣笑孤魂。句來

受甘露味。韻雜扮六妓女魂各搭魂帕穿衫背心繫汗巾從酆都門上對法座禮拜科仍從酆都門下衆僧仝

詠

又一體　無食無衣。句　時刻憂貧死。叶　帶索操瓢。句　歌唱沿都市。叶　少年猶可。句　老病難存濟。韻　乞丐孤魂。句　來受甘露味。韻　雜隨意扮六乞丐魂各搭魂帕從酆都門上對法座禮拜科仍從酆都門下大和尚白　四生登於寶地、三有脫化蓮池、河沙餓鬼證三賢萬類有情登十地、施食功德殊勝行、無邊勝福皆回向、普願沉溺諸有情、速往無量光佛剎、十方三世一切佛、一切菩薩摩訶

作散施食科衆鬼魂仝從酆都門

薩摩訶般若波羅蜜

上受施食科鬼王城隍土地下座鬼王引衆鬼魂仍從酆都門下地方鬼仍從右旁門下城隍土地從下塲門下益利捧騩錢從下塲門上衆僧下座各取騩錢科仝從上塲門下益利仍從下塲門下

勸善金科　第二本卷下

第十三齣　證善果仙辭濁世　蕭豪韻

雜扮金童戴紫金冠穿氅繫絲縧執旛雜扮玉女戴過梁額仙姑巾穿氅繫絲縧執旛引外扮傅相戴紗帽穿圓領束金帶從上場門上仝唱

南呂宮正曲　梁州序

霞天雲路。句徘徊瞻眺。韻九點烟鬟微小。韻一彈指頃。句罡風突過層霄。韻傅相白我傳相自離家庭蒙二位引領得遊天界且喜身心安泰氣爽神淸只覺雲路翩躚、行蹤杳渺、金童玉女白 傳長者、皆是你慈祥豈弟、得此福因善果、所以來遊天界、傳相白 原來如此、只是有勞二位、何以克當、金童玉女白 好說再請同往前邊遊覽、傳相唱 兩腋華香馡馥。句 下視東瀛讀 約略蓬萊島。韻 祗須一詘臂、讀 萬程遙。韻 碧落瓊宮任意遨。韻合 雲蕩蕩、讀 風臮臮。韻全從下場門下 雜扮伽陵頻迦二鳥各穿戴伽陵頻迦二鳥切末引生扮焰摩天帝末扮忉利天帝淨扮夔持天帝小生扮兜率天

帝各戴冕旒穿蟒束玉帶從上場門上全唱

又一體 纔離這有影山椒。韻 又過了金剛帶表。韻 分白

吾乃焰摩天帝是也、吾乃忉利天帝是也、吾乃鬘持天帝是也、吾乃兜率天帝是也、全白 今蒙如來開講楞伽寶積金光等經、爲此同詣靈境、恭同前往聽講一番、請

唱 聽頻迦宛轉。句 命命和韶。韻 彩地香天來到。韻 金童玉女引傳相從上場門上唱 百億莊嚴。讀 目眩心驚跳。韻 金童玉女白 看祥光繚繞、瑞靄繽紛、欣遇諸天大帝、

馭雲來至、傳善人可上前叅禮、傳相作叅見四天帝科
白 衆位天帝在上、愚民傳相叅叩、唱 虔誠禮拜罷、讀 寶
光搖。韻 希有心將疑怖招。韻 四天帝白 這傳姓黎民有
何德行、能得引領天宮遊翫、金童玉女白 啓上天帝、我
等奉東嶽大帝法旨、因蒙玉帝勅諭、道他虔修善行、積
德無邊、以此特命我等、引他遊翫天宮、四天帝白 原來
如此、却也難得有此善人、唱合 誰似你、讀 功夫到。韻 伽
陵頻迦二鳥引四天帝從昇天門下金童玉女白 再請

善人前往、傳相唱

南呂宮 正曲 三換頭 凌虛路遙。韻 凌虛皆到。韻 虹霓駕橋。韻 輕身登眺。韻 幾陣天風料峭。韻 耳邊廂只聽得讀 一派的仙音飄渺。韻

雜扮四侍從各戴將巾穿蟒箭袖排穗執龍旗捧冠帶引外扮太白金星戴紥紅金貂穿蟒束玉帶捧玉旨從昇天門上唱

欽奉虛皇也。句 丹書出九霄。韻合 爲妙行無爲。句 菩提無作 只這 同天造。韻內奏樂傳相作迎接跪科太白金星白 玉旨到、跪聽宣讀詔

曰慈爾王舍城傅相心發皆慈心澄卽慧四生胥被三
有均霑特封爾爲勸善太師欽哉謝恩內奏樂傅相謝
恩科太白金星白取冠服過來衆侍從應科隨與傅相
換冠服畢傅相接旨科太白金星白就此相送勸善太
師到天府去衆應繞場科仝唱

南呂宮正曲　劉潑帽　上清帝勅恩榮到韻居玉宇快樂逍遙
韻佇看雲霞靄靄分前導韻合裊篆氤氳句斜界神光
晶韻仝從昇天門下

勸善金科第二本卷下

第十四齣　進巧言姊厭清齋　庚青韻

小旦扮金奴穿衫背心繫汗巾從上場門上唱

中呂宮正曲　駐雲飛

春暮堪驚。韻欲說無情煞有情。韻打扮多端正。韻再把雲鬟整。韻嗏。格白我金奴、自幼伏侍安人、今已長成、唱青鳥信無憑。韻佳期難定。韻白況我家主人、長齋布施、唱只顧好善修行、讀曾不來思省。韻合把錦片韶光看得輕。韻從下場門下副扮劉賈戴巾穿

道袍從上場門上唱

又一體　堪歎浮生。韻碌碌奔波不暫停。韻這幾時　貿易留他省。韻爲覓利多奔競。韻嗏。格昨日轉家庭。韻聞知我姐夫殞命。韻可憐他　母子無依、讀一旦成孤另。韻合好慰問聊敦手足情。韻白　來此已是、不免竟入、作進門虛白科金奴仍從下場門上與劉賈相見科白　老員外不在了、劉賈白　我昨日回家纔知道安人好麼、金奴白　安人、好、只是連日痛苦傷心、身子勞倦得緊、這時候睡

還未起、劉賈白　你去看一看說我來了、金奴應科揚上
設椅劉賈坐科金奴白　劉舅爺來了、劉氏內白　快看茶、
待我梳洗畢就來、金奴應科白　安人在那裏梳洗着我
先去看茶、劉賈白　不用看茶惟有喪事極勞煩的、金奴
白　舅爺金奴有一事相煩、劉賈白　住了你一開口我就
知道了、金奴白　舅爺知道些甚麼來、劉賈虛白發諢科
金奴白　只爲我家老安人呵、唱

又一體　齋道齋僧○韻　一意淸修不自省○韻　老員外持素

熬成病。韻 老安人 塵夢還難醒。韻 嗏。格 煩舅爺 勸取用葷腥。韻 好娛晚景。韻滾白 三杯美酒、一朶花新、唱 正好遣與陶情。讀 行樂終天命。韻合 何用癡心去念經。韻 劉賈白 知道了、我自有分曉。旦扮劉氏穿氅從下場門上

唱

又一體

弟到門庭。韻 止不住汪汪兩淚零。韻 劉賈起相見科 劉氏滾白 兄弟、往常到此、姐夫早早相迎、陪話中堂、今日裏冷冷清清、呌之不應、視之無形、兄弟、唱 今日

裏不見他踪影。韻空想生前景。韻嗏格劉賈唱勸你莫
傷情。韻且休悲哽。韻常言道聚散由天、讀生死皆由命。
韻白人死若還哭得轉、我亦千愁淚萬行、唱合這的是
一死須知不再生。韻埸上設椅各謙遜坐科劉氏白金
奴看茶來、金奴應科向下取茶隨上各送茶科劉氏劉
賈各接茶盞飲畢金奴接茶盞仍從下埸門下劉賈白
我和姐姐說了這一會話、怎麼外甥竟不出來見我、却
是爲何、劉氏白前日作齋、多蒙鄰里相助、作謝去了、劉

賈白　哦、外甥沒在家、劉氏白　正是、劉賈白　姐姐命好不
用乖、心好不用齋、只有你家生前持齋、死後作齋、終日
離不得齋字、却齋得不好、劉氏白　怎見得不好、劉賈白
我見那遊方的和尚道士盡喫齋、饑嚴熬得骨如柴一
朝倒在中途裏、沒有棺材散土埋、劉氏白　兄弟差矣、佛
語云、勸你修時急急修、持齋茹素是根由、生前享盡千
般味、死後惟添幾點油、持齋方好、劉賈白　持齋的好、喫
肉的不好、但看古往今來、那箇好漢不喫肉、唱

南呂宮 紅衲襖 正曲

論人爲萬物靈。韻 論人資萬物生。韻 肥從口入言堪聽。韻 培養精神是犧與牲。韻 那牛與羊堪作家常食用羹。韻 白 文王之政、使民五母鷄、二母彘、唱 那鷄與彘都是聖人養老政。韻 白 曾子養曾晳、每食必有酒肉、曾元養曾子、每食必有酒肉、唱 雖曾元難與曾參相並。韻 也。格 都在於酒肉肥甘致敬誠。韻 劉氏白 兄弟差矣、唱

又一體

論芻豢可養生。韻 論齋戒可養性。韻 白 古人云、

齋戒以神明其德、唱齋戒可與神明並。韻白孟子云、雖有惡人、齋戒可以祀上帝、唱又道是齋戒能教上帝憑。韻白口腹之人、則人皆賤之矣、唱養口腹人所輕。韻白從其小體爲小人、從其大體爲大人、唱養心志人所敬。韻白人能無以饑渴之害爲心害、則不及人不爲憂矣、唱能無饑渴爲心病。韻也。格那不及人言載聖經。韻劉賈白尊姐之言皆是古人、齋戒豈今人可比、劉氏白如何比不得、劉賈唱

又一體

論齋戒今與古同一名。韻究根源古與今兩樣情。韻古人齋戒心存敬。韻近世長齋念未誠。韻白古人惟存誠信、所以敬鬼神而遠之、唱見既定心自寧。韻白今人惟諂瀆鬼神、則行險以徼幸、唱怎比得君子人惟俟命。韻白我且不說古人、只說眼前妲夫終日喫齋、未滿六旬而喪、行善持齋、中甚麽用、唱我勸你自今飲酒茹葷。句也。格那口福修來的理要明。韻金奴仍從下場門上侍立科劉氏唱

又一體　想往日如醉醒。韻 到今朝似夢醒。韻劉賈白 如今醒了還不爲遲、劉氏白 就依賢弟之言、唱 從今三寶何須敬。韻 自此深知佛不靈。韻劉賈白 這纔是會享用、就是兄弟來也沾其口味、劉氏作悲科劉賈白 一面說話又哭起來、劉氏白 但你姐夫臨終之際、留下遺囑教我母子依舊持齋、切不可違、今聽賢弟之言、一旦開了五葷、唱 怎說得 兒夫話何足聽。韻劉賈白 人死如燈滅、你叫他一聲、若活得轉來、我就不敢來勸你、劉氏白 又

有一說、劉賈白　又有何說、劉氏白　你外甥雖則年幼、善
孝能全、況有他父遺囑存留、我若開了五葷、倘然他說
起來、唱怎說得見曹語不可憑。韻劉賈白　子無制母之
理、劉氏唱待從容說與孩兒。句也。格各起隨撤椅科劉
賈白　姐姐、外甥回來、切不可說是我勸你開葷、劉氏白
這些事、我豈不曉得、我說道兒、古語云、口腹乃軀命所
關、年老之人、非帛不暖、非肉不飽、唱你須把美酒肥甘
養我生。韻劉賈白　姐姐、外甥見聽、留他在家一同享用、

劉氏白 如不見聽呢、劉賈白 如不見聽、教他離家做買賣去、豈不得箇自在、劉氏白 這却使不得、劉賈白 怎麼使不得、劉氏白 自幼不曾經商、難以放心、使不得、劉賈白 可着益利伴隨、但自放心、劉氏白 只待見歸說事因、金奴白 老安人自今以後、開齋飲酒、更茹葷、劉賈白 逢人謾說三分話、全白 未可全拋一片心、劉氏作送劉賈出門科、從兩場門各分下

第十五齣　饗餐母遺子經商　古風韻

場上設香案上供佛像科生扮羅卜戴巾穿道袍帶數珠從上場門上唱

南呂宮引　一翦梅　人生一夢總南柯。韻朝淚滂沱。韻暮淚滂沱。韻吾親遺囑說如何。韻敬奉彌陀。韻我尊奉彌陀。韻

白　羅卜自從父親亡後、只守靈柩、未曾看經奉佛、今喪事少暇、不免在佛前、添上爐香、看經片時、也好超度我

那亡親、作拈香禮拜科唱

中呂宮正曲 駐馬聽 香滿金爐。韻 瑞擁團團色相殊。韻 誦幾句阿彌陀佛。句 嗲唎娑婆、讀 三昧哆哪。韻 桌旁設椅坐科唱 木魚敲動萬靈扶。韻 金經誦處羣仙護。韻合 災障消除。韻 出門便是菩提路。韻 旦扮劉氏穿鞏從上場門上 小旦扮金奴穿衫背心繫汗巾隨上 劉氏唱

又一體 痛念兒夫。韻 血淚流殘兩眼枯。韻 可憐我 形容憔瘦。句 筋力衰微、讀 鬢髮蕭疎。韻 白 昨聽兄弟之言、勸

兒開葷、依從便罷、若不依從、遣他出外經商、金奴、小官人在那裏、金奴白 在佛堂看經、劉氏白 隨我來、作進佛堂科、羅卜作拜見科、劉氏白 我兒、你在此做甚麼、羅卜白 在此看經、劉氏白 再不要看經了、滾白 想你爹爹在日、洗心焚香、誦念多少經典、齋濟了多少貧寒、因甚的未滿六旬身喪、可見得看經無用、賑濟無功了、兒、那陰陽神鬼、無些踪影、唱 倒不如肥甘滋味易虀蔬。韻 莫使我桑榆暮景成虛度。韻 羅卜白 老娘休出此言、劉氏滾

白、兒你未能事人、焉能事鬼、兒唱合你不用躊躕。韻那秦皇漢武成差誤。韻羅卜唱

又一體

我父將殂。韻親寫遺言囑付吾。韻教兒看經奉佛。句戒酒除葷、讀持齋茹素。韻劉氏白那都是迂談、不要聽他、羅卜唱休言我父語多迂。韻娘兒一體承遺囑。韻合父有嘉謨。韻白老娘、豈不聞孔子云、唱三年無改於其父。韻劉氏白、兒你但知三年無改、豈不聞如其道、終身無改可也、如其非道、何待三年、唱

又一體

你父敬浮屠。韻那佛如何不救取。韻我欲待暫開葷酒。句趁此餘年、讀且自歡娛。韻羅卜白老娘、佛像在堂、休出此言、劉氏白兒、你娘立心已定、說下斷頭話來、丑扮土地戴巾穿土地氅持拂塵從上場門上作聽科劉氏白諸佛神像在上、唱若要我持齋茹素似當初。韻滾白除非是鐵樹開花、唱水乾楊子江心渡。韻土地作怒科仍從上場門下劉氏唱合你不必躊躕。韻我立心已定毋絮語。韻作設椅背佛坐科羅卜唱

商調正曲　黃鶯兒　聽說淚交流。韻　不由人不怨尤。韻白　不知母親、聽信那箇言語、頓欲開起葷來、是了、昨日娘舅到此、一定是他的攛掇了、娘舅、滾白　你與我母手足之情合將良言相勸、又道是各人自掃門前雪、休管他人瓦上霜、唱　你　爲何勸娘開葷酒。韻　劉氏作起立潛聽科　羅卜唱　爹曾囑付。句　娘曾罰咒。韻　滾白　今日裏開了葷酒呵、唱　怕　神天鑒察如何救。韻　向劉氏跪科　唱合　苦哀求。韻　劉氏虛白科　羅卜唱　容兒分剖。句　休學那郗后。韻　劉

氏白　勸娘休學那郗后、那郗后之言、如何解說、羅卜白
昔日梁武帝、有皇后郗氏、不信神明、死後變爲毒蛇、武
帝代爲懺悔、方纔得還人身、老娘請自詳省、劉氏白　武
帝既能度其妻、吾兒必能度其母、羅卜白　老娘還當見
賢思齊、爲何學那不賢之輩、劉氏作色喜科白　原來我
兒志不可回、好適纔所言、並非勸你開葷、自從你父亡
故、恐你道心不定、特來試你如何、羅卜白　如此多謝老
娘、起科金奴暗唆劉氏遣羅卜出外科劉氏白　我兒看

的是什麼經、羅卜白　金剛經、劉氏白　這箇還有一事母
子商量、羅卜白　有何事情、劉氏白　只今齋僧布施費用
浩大、你可出外做些買賣、趁些利息、則前功可繼、後用
無虧、嗄我兒是不是、羅卜白　禀告母親、孩兒自幼膝下、
不慣經商、怎生去得、劉氏白　你若去、我着益利伴隨、料
應無妨、羅卜白　孩兒捨不得老娘、劉氏白　我今身幸未
衰、你正當勇往向前、不必如此、金奴喚益利過來、金奴
應科劉氏仍背佛坐科羅卜代設椅科劉氏復坐桌旁

科金奴白　益利哥、老安人呼喚、末扮益利戴羅帽穿屯絹道袍繫䜌帶帶數珠從上場門上白　來了、佛殿燒香猶未畢、高堂呼喚又忙來、老安人有何使令、劉氏白　益利、聽我道、唱

又一體　佛事慮難周。韻竟　遣官人出外州。韻滾白　令你與東人、遠行貿易覓利歸來、以爲長遠之計、唱這　生財有道方能久。韻你把　行囊早收。韻　同伊遠遊。韻庶　經營不落他人後。韻合　願來秋。韻　腰纏萬貫。句　得意早回頭。

韻益利跪白 老安人年老在堂、小官人經營不慣、伏望思忖、莫遣遠行、劉氏白 經營人之長情、有何不可、金奴隨我收拾行李去、金奴隨劉氏從下場門下羅卜白 益利、安人慈命、少不得順從前去、益利應科羅卜白 燒起香來、待我辭別神聖、作焚香禮拜科唱

中呂宮正曲 好事近 辭佛離故里。韻 萱親命怎敢辭推。韻 我經商貿易。韻 家庭事 仗佛護持。韻 程途迢遞。韻 歎此行讀 難定歸來日。韻合 在異鄉平安覓利。韻 但願得無是

無非。韻劉氏仍從下場門上金奴持行李隨上付益利科羅卜作拜別科唱

又一體

一旦別慈幃。韻不由人不苦痛傷悲。韻況我無兄無弟。韻親衰老誰與扶持。韻心中思憶。韻劉氏白我兒思憶何來、羅卜滾白老娘、孩兒益利在家齋僧布施、依舊施行、孩兒益利遠去他鄉、猶恐違却父志荒廢前功、唱願老娘。讀遵守先人意。韻合散金賚普濟僧尼。韻誦寶懺禮念阿彌。韻劉氏唱

又一體　叮嚀我嬌兒。寬心前去不用憂疑。韻白我兒、且莫說供養神圖佛像、唱就是那齋僧布施。叶娘在家依舊一一施爲。韻心中思憶。韻白我兒孝心如是、去到他鄉、必然牽掛老娘、金奴、看鍼線過來、金奴應科向下取針線隨上羅卜跪科劉氏白我兒、揭起衣襟來待老娘縫上幾行、早晚見此衣線、免兒思母、作與羅卜縫衣科滾白慈母手中線、遊子身上衣、臨行密密縫、意恐遲遲歸、兒今此去、娘心思憶、唱只怕你在途中、讀早晚有

誰調理。韻白益利、益利作跪科劉氏滾白你須當仔細、

白小官人年紉自小未曾遠行、你是年長之人、能知異

鄉風景、滾白此去逢橋過渡、須要小心、着意在旅店安

歇、遲行早宿、一路與他相伴同行、不可離了左右、益利、

你謹記我的言詞、你須當仔細、羅卜作悲科劉氏滾白

兒、老娘止生你一人、若不爲着利息、焉能捨得你去遠

行、與益利去到他鄉、年節之時、倘有微資、須念我膝下

無兒、打疊行囊、早辦回程、是必不可遲滯、兒、唱合免娘

親倚定門兒。叶 數着你萬里歸期。韻 羅卜作拜別科唱

慶餘 匆匆拜別登程矣。韻 惟願康健無危。韻 劉氏作送羅卜出門科唱 願你得意早回歸。韻 羅卜益利仝從上場門下劉氏作悲科白 金奴、我見小官人去得可憐、使我心中疼痛起來、金奴白 有益利相伴、安人放心、劉氏唱

南呂宮引 哭相思 自古人生多別離 韻 嬌兒一去好傷悲。韻 白 兒嗄、唱 你 明朝回首家山遠。句 一片白雲空自飛。韻

作進門科金奴白老安人明日就要開葷了、劉氏虛白

金從下場門下

第十六齣　採訪使勅龍拿賊　眞文韻

雜扮四將吏各戴將巾穿蟒箭袖排穗執旗雜扮二判官各戴判官帽穿圓領束角帶持筆簿引雜扮採訪使者戴欽龍幞頭穿蟒束玉帶從上場門上唱

黃鐘宮引　西地錦　梁燕不知禍及。句　井蛙妄欲稱尊。韻　奸雄創業開新運。韻　須教喪膽驚魂。韻　白　吾神採訪使者是也。可恨那朱泚、反叛朝廷、竟欲覬覦神器。今日陞殿坐朝、可着殿上金龍神、將他推下御牀、明示報應、死後地獄、自有分明、金龍神何在、雜扮金龍神穿金龍切末從天井躍下跳舞畢一旁侍立科採訪使者白 逆賊朱泚、今日僭稱大號、陞殿坐朝、待他登御座時、你可將他推下御牀、明示衆人、不得有違、金龍神應科從下場門下採訪使者白 衆神將、就此再往各處巡查一番、衆應科全唱

黃鐘宮正曲 神仗兒 人當忠順。韻人當忠順。疊那福源禍本。

正韻在伊方寸。韻世人、讀直須喫緊。韻昭昭天道讀由來

甚近。韻合看果報只逡巡。韻看果報只逡巡。疊全從下

場門下

第十七齣　朱泚落齒跌御座　古風韻

內奏樂雜扮四內侍各戴太監帽穿貼裏衣雜扮四宮娥各戴過梁額穿圓領繫絲縧執符節引淨扮朱泚戴王帽穿蟒束玉帶從上場門上唱

越調正曲　梨花兒　我做皇帝果受用。韻　一般御殿受呼嵩。韻　龍樓早見曙色動。韻合　嗏。格　只恐怕榮華是大夢。韻中場設椅轉場坐科白　我朱泚、久蓄異謀、果然得了長安、今日稱爲皇帝、好不快活也、吩咐設朝、衆應科起隨撤椅後塲設平臺隨虎皮椅衆引朱泚遶塲科一內侍白已到前殿、請官家登座、朱泚陞座科末扮源休戴幞頭穿蟒束玉帶執笏丑扮姚令言戴荷葉盔穿蟒束玉帶執笏雜扮二文官各戴紗帽穿蟒束玉帶執笏雜扮二武官各戴八角冠穿蟒束玉帶執笏從兩塲門分上作朝叅科雜扮金龍神穿金龍切末從下塲門暗上後塲立科朱泚作忸怩科唱

正
仙呂宮

仙呂宮正曲 清江引 我是皇帝果瀟灑。韻 南面朝天下。韻 曈曨曉日紅。句 照耀琉璃瓦。韻合 看了這讀 好風光豈非快活煞。韻金龍神作推朱泚下座科仍從下場門下朱泚作落齒科白 不好了、方纔陞座之時、忽見藻井中金龍、張牙舞爪、將寡人嚇得下來、磕損一齒、怎麼好、姚令言白 源丞相、可進吉言、源休白 臣啓陛下、這叫做主德無涯、又道是先賢者而後樂齒、朱泚唱

又一體 今朝僭號非虛假。韻 豈料喫驚諕。韻 汗流身上

寒。句 齒落心中怕。韻合 莫不是。讀 早晚間 有人圖害咱。韻

雜扮報子戴鷹翎帽穿箭袖卒褂從上場門急上白

報、今有大唐元帥李晟、會同渾瑊馬燧、三路勤王、李晟大兵、已到渭橋了、朱泚白 知道了、再去打聽、報子應科仍從上場門下朱泚白 如何是好、姚令言白 無妨、待臣率領一枝兵馬、攩絶外應、主公親督大軍、陣於渭橋、與李晟決戰、勝則進、不勝退而堅守、朱泚白 如此甚好、將軍小心在意、不得有違、姚令言應科四內侍四宮娥隨

朱泚從下場門下四文武官從上場門下姚令言白源

丞相、那外事在我、內事在你、源休姚令言各虛白發諢

科從兩場門各分下

第十八齣 渾瑊奮身戰渭橋 古風韻

雜扮四軍士各戴馬夫巾穿蟒箭袖卒褂執旗雜扮八將官各戴紮巾額紮靠執標鎗引生扮李晟戴帥盔紮靠紮令旗襲蟒束玉帶從上場門上唱

正宮引 新荷葉 禾黍離離滿目悲。韻 盼迴鑾未知何日。韻

末扮渾瑊戴帥盔紮靠紮令旗襲蟒束玉帶從上場門上唱 聞鷄起舞著戎衣。韻 渠魁滅後纔朝食。韻 場上設

椅各坐科分白兵甲長驅道路難烽烟一望滿長安王師大舉清奸逆定見都人載道歡下官神策行營節度使李晟是也下官兵馬使渾瑊是也李晟白兵馬使那朱泚僭號天子播遷故國黍離風塵滿目正君父臥薪嘗膽之日臣子枕戈泣血之秋下官與兵馬使同受國恩義均討賊今當身先士卒共建忠謀誓滅逆賊志不返顧只是討將安出渾瑊白節度使賊衆雖强然惟苟圖目前都無深謀遠慮奸邪淫穢四方之蓄忿已深暴

虐貪殘、人心之思唐亦切、今觀士馬之精銳、加以主將之雄威、賊不足平也、李晟白 兵馬使所見極是、仗足下智勇、下官何能之有、愚意朱泚方恣荒淫、將士亦習奢侈、賊氣既盈、其強易弱、須多用間謀、益張疑兵、佯北以驕其志、設伏以擣其虛、破賊必矣、渾瑊白 元帥妙算、深合機宜、可賀可賀、雜扮探子戴鷹翎帽穿箭袖卒褂持令旗急從上場門上白、報朱泚、姚令言、領賊兵十萬出城、前來迎敵、望老爺速起大兵征進、李晟白 知道了、再去打探、探子應科仍從上場門下各起隨撤椅科李晟白大小三軍、聽吾號令、衆應各聽令科李晟白爾衆軍、可分頭埋伏在前面山下、叢薄之處、吾與兵馬使、親統大兵去戰、佯敗奔北、賊必乘勢追逐、待賊至設伏之所、爾等從背後突出截殺、吾與兵馬使、勒轉兵馬、可一舉盡殲、爾衆軍士、俱要奮勇當先、退縮不進、及專擅不用命者、斬、衆應科李晟白就此起兵、衆應吶喊科李晟渾瑊各卸袍帶科雜扮二執纛人各戴馬夫巾穿蟒箭

袖卒褂執纛從兩場門分上衆吶喊遶場科全唱

正宮正曲　四邊靜

王師勇氣吞强敵○韻　神機實難測○叶　一戰滅渠魁○句　漂杵血流赤○韻合　掃清宮掖○韻　敉寧社稷○韻　萬姓奉廻鑾○句　中興紀勲績○韻全從下場門下雜扮四小軍各戴馬夫巾穿蟒箭袖卒褂執旗雜扮八小軍各戴打仗盔穿打仗甲持鎗引丑扮姚令言戴荷葉盔紮靠持鎗雜扮執纛人戴馬夫巾穿蟒箭袖卒褂執纛隨從上場門上衆遶場科全唱

又一體　大秦國運方隆赫。韻　雄兵實無敵。韻　他大厦已將傾。句　一木豈能立。韻　姚令言白　吾乃姚令言是也、統兵來戰唐兵、大小三軍、奮力向前、論功行賞、衆應科　仝唱合　我如虎添翼。韻　他似卵當石。韻　斬將復搴纛。句　邊烽霎時息。韻　衆軍士引渾瑊從上場門上與姚令言衆相見對敵科衆軍士小軍從兩場門分下渾瑊與姚令言相戰渾瑊作佯敗科從下場門下姚令言作追下八軍士八小軍從兩場門分上對敵科八軍士作佯敗科從下場門下八小軍作追下衆小軍引姚令言從上場門上衆小軍白 唐兵大敗、姚令言白 吩咐衆軍、努力追殺、須教他片甲不存、全軍盡沒、衆應遶場吶喊科仝從下場門下雜扮八軍士各戴紥巾穿小紥扮執旗雜扮八將官各戴紥巾額穿小紥扮持雙刀從兩場門分上作布陣埋伏科姚令言引衆小軍從上場門上渾瑊引衆軍士從下場門上作對敵科衆埋伏軍士齊發姚令言衆小軍作大敗科從兩場門分下衆軍士引渾瑊李

晟從上場門上衆軍士白 賊將已敗、李晟白 吩咐大小三軍、乘勢入城不許遲緩、衆應遶場科全唱

中呂宮正曲 紅繡鞋 鞭敲金鐙歡聲。韻 歡聲。格 人人奮勇爭能。韻 爭能。格 殲賊將。句 殪賊兵。韻 清故國。句 復神京。韻

合 指日裏。句 慶昇平。韻 探子從上場門急上白 報、朱泚帶領人馬、同姚令言西走去了、李晟白 再去打探。探子應科仍從上場門下李晟白 事勢至此、破竹何疑、兵馬使、可引兵追趕窮寇、共建大功、渾瑊白 有理、大小三軍、

就此殺上前去、衆應吶喊科八執雙刀軍士引渾瑊從下場門下李晟白大小三軍、就此入長安、須要嚴遵紀律毋得騷擾民間、衆應遶場吶喊科擁護李晟全從下場門下

第十九齣　濟窮途壯士知恩　古風韻

丑扮店小二戴氈帽穿喜鵲衣繫腰裙從上塲門上唱

仙呂宮正曲　大齋郎　柳陰碧。韻　花片赤。韻　門前活活河流急。韻　好景慣能招主顧。句合　客來莫把杖頭惜。韻白　自家秦淮河邊店小二的便是俺這裏乃吳楚會合之區六代繁華之地高樓楊柳斗酒千錢畫檻芙蓉嬌姬十五往來過客紛紜南北經商絡繹雖是那旗亭酒肆何止百千、似我這香茗清齋百無一二、因此開了箇小小的素飯店兒、過客之中、常有持齋好善的、喜得我家潔淨、時來起坐、倒不寂寞、今日天色晴明、夥計、把那板兒下了、上起紗窓來、作收拾舖面擦抹桌椅科生扮羅卜戴巾穿道袍繫鑾帶從上場門上末扮益利戴羅帽穿屯絹道袍繫鑾帶持傘隨上羅卜唱

仙呂宮引 劍器令 寧爲利名牽。韻 來外地非吾所願。韻 想垂白倚閭慈母。句 多應望眼懸懸。韻 白 益利哥、今日貪早

行了些路程、此時腹中饑餓、你看前面可有素飯店麽、
益利白 那壁廂有一箇素飯鋪、倒也潔淨、小官人可在
此少息、仝作進店科益利白 小二哥、你這裏是素飯店
麽、店小二白 正是素飯鋪、羅卜白 既如此、益利、可將車
子推進店中、益利白 曉得、衆車夫快將車兒推上來、雜
隨意扮四車夫各推小車從上場門上各處白發諢仝
作進店科益利白 你們各把車兒放在這裏、大家進去
喫了飯出來、再當推車趲路、四車夫應科仝從下場門

下益利白　可有素飯菜送上來、塲上設桌椅羅卜益利各坐科店小二向下取素飯菜隨上羅卜益利作午飯科羅卜唱

仙呂宮　玉山頹　玉胞肚　集曲　首至合

青莎庭院。韻白板扉簾遮曉烟。韻把紗窗隔斷囂塵。句且向匡牀暫息勞肩。韻店小二白　我看這位客官、正在少年、如何不到那秦樓楚館去遊翫遊翫、倒來我這裏喫素飯、你看那隔河一帶、擺列多嬌、憑你老成人到此、恐亦不能自主了、唱

五供養　五至末

只見些金釵翠鈿。韻 抵死把情魂勾戀。韻合 一朶如花
貌。句 向樽前。韻早難道淺傾低唱不堪憐。韻羅卜益利
白 我們持齋人、自有樂地、店小二白 有何樂地、羅卜益
利唱

又一體

我 心心爲善。韻 遠嗜慾不牽世緣。韻店小二白
客官、也不要說道學話、唱 迢遥路寂寞魂銷。句 狹邪地
繾綣情牽。韻益利白 你只管取素飯來、閒話休講、羅卜
唱 只是我 操持念堅。韻 從今後更當加勉。韻合 一任如

花貌。句美嬋娟。韻好做箇閉門不納曾男賢。韻淨扮張佑大戴氊帽穿破補衲衣繫腰裙從上場門上白無術送將窮鬼去、有愁引得病魔來、自家張佑大、本係失職邊將、流落在此、貧病相兼、衣食不周、無可奈何、只得求乞、你看那邊素飯鋪裏、有兩人在那裏喫飯、饑餓不過、不免上前去、求討些喫喫、作進店乞食科店小二虛白作攔阻科羅卜益利白不要如此、我看你這人面貌、頗覺魁梧、不像箇求乞的、你且說爲什麼到得如此、張佑

大白　爺爺嗄、唱

仙呂宮【玉胞肚】　我　一身卑賤。韻　臉含羞欲言怎言。韻羅

正曲　卜白　你且說是何等樣人、張佑大白　小子姓張名佑大、

原是幹過一番事業的、唱也曾　定河東智勇人誇。句那

知　滯泰淮貧病誰憐。韻羅卜益利白　這等說、為何狠狽

至此、張佑大白　異鄉久病、好漢空拳、唱　合比不得韓侯

垂釣困河壖。韻竟做了　伍相吹簫乞市廛。韻羅卜白　可

憐、將這飯食送與那漢子喫、店小二應科取飯食與張

佑大食科羅卜白　益利哥我看這人一表人材諒不落魄況且聞言慘切意欲助他盤費使還故鄉不知你意下如何　益利白　落難之人正該救拔　唱

又一體　看他精神雄健　韻　況且難中人誰不見憐　韻　白　走來我官人看你狠狽意欲助你盤費歸還故鄉不知你意何如　張佑大白　若得如此生死感恩不淺　唱　處汚泥自恨時乖　句　戴高厚願報他年　韻　羅卜白　我不過一時惻隱誰望你日後報答益利哥你可付與他　益利起

作取道袍銀兩付張佑大科唱合你綈袍蔽體便可向人前。韻白鏹隨身免得滯客邊。韻張佑大白敢問官人、尊姓大名、我張佑大若有相逢之日、不敢忘報、羅卜白我是王舍城傅羅卜、張佑大白是傅官人、羅卜白義合千金重、益利白人貧一命輕、張佑大白相逢不下馬、各自奔前程、作出店科從下場門下店小二從上場門下四車夫仝從下場門上衆仝作出店科羅卜唱

慶餘一飯間心展轉。韻想堂上朝餐誰勸。韻遥望那天

際孤雲又無奈親舍遠○韻全從下塲門下

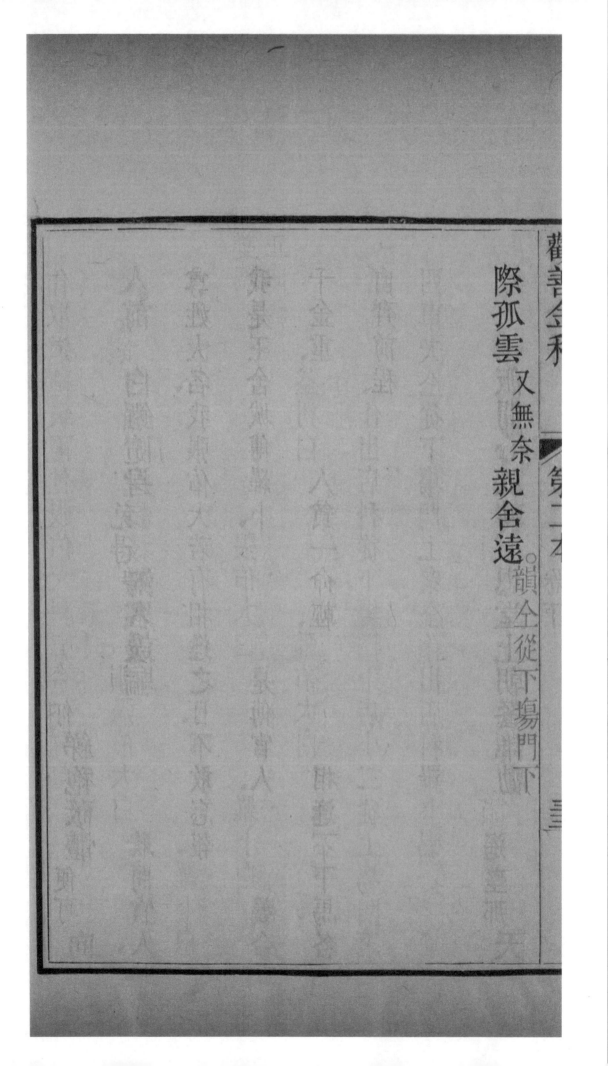

第二十齣　逞長技奸人設騙　古風韻

副扮張焉有戴氈帽穿窄袖繫搭包從上場門上唱

雙調正曲　普賢歌　平生手段與天齊。韻　賺殺人時總不知。韻　呆人任我欺。韻　癡人着我迷。韻合　都教落在圈套裏。韻

白　自家張焉有便是。生來伶俐。負包天羅地之胸襟。遇事機關。擅捉虎拿龍之手段。任他心明日月。伶俐無雙。則我才捷風雷。施爲有法。今聞王舍城傅相之子傅羅

卜、爲去經營打此經過、他性好布施、一路來修橋補路、廣積陰功、如今黃沙渡口、造橋未成、豈不是件奇貨、我不免假寫一箇化緣疏簿、寫着某老爺捨多少、某財主施若干、抄化他幾百兩銀子、有何不可、妙、我又想起來了、我有箇朋友、名喚段以仁、慣造假銀、與他商議、拿假銀百兩、再兌換他些紋銀入手、豈不是箇小富貴、不免前去見段兄、迤逞行來、此間已是段兄在家麽、丑扮段以仁戴氈帽穿窄袖繫搭包從上場門上唱

又一體

昨宵飲酒醉如泥。韻 日出三竿睡未起。韻 忽聽叫聲低。韻 慌忙起著衣。韻合 未審何人到這裏。韻作出門相見仝作進門塲上設椅各坐科段以仁白 哥數日生意如何、張焉有白 撐船裝太陽、段以仁白 怎麽說、張焉有白 度日、段兄你可好麽、段以仁白 大風渡江、張焉有白 怎麽講、段以仁白 難過、張焉有白 我有一樁巧勾當特來邀你、段以仁白 老哥請快說、張焉有白 今聞王舍城傳相之子傳羅卜爲去經營、打此經過、他性好布施一路來修橋補路廣積陰功如今黃沙渡口造橋未成豈不是件奇貨我不免假寫一箇化緣疏簿寫着某老爺捨多少某財主施若干抄化他幾百兩銀子有何不可段以仁白此計甚高只是傳羅卜乃一修善之人不當騙他張焉有白兄弟唱

仙呂宮正曲　皂羅袍

歎舉世昏昏醉夢韻好看經念佛讀積甚陰功韻豈知道天高視遠聽朦朧韻那裏能錙銖較量人心孔韻合那騙人的倒富句安分的守窮韻聰明

的夭死。句奸詐的壽終。韻區區本分成何用。韻段以仁

白小弟愚見、與尊兄不同、張焉有白怎的不同、段以仁

唱

又一體

我有過心常自訟。韻怕玷宗辱祖、讀敗壞門風。

韻各起隨撤椅科張焉有白你的宗祖也不足法人言也不足恤、段以仁白人道得不好、拐子拐子、天雷打死、

唱怕皇天報應不相容。韻白我今改了這箇買賣、唱從今心不生驚恐。韻張焉有白兄弟、你那裏知道、唱合。那

騙人的倒富。句安分的守窮。韻聰明的夭死。句奸詐的
壽終。韻區區本分成何用。韻白兄弟、和你只去這一遭、
以後洗手不遲、段以仁白只去這一遭、也罷、隨你走走、
莫笑商量用歹心、張焉有白世情宜假不虛云、段以仁
白何用再三親囑咐、張焉有白想來都是會中人、各虛
白全從下場門下

勸善金科 第二本卷下

第二十一齣 一奴隨主喜同心 寒山韻

生扮羅卜戴巾穿道袍繫鑾帶帶數珠持拂塵從上場門上末扮益利戴羅帽穿屯絹道袍繫鑾帶帶數珠持傘隨上羅卜唱

雙角套曲 新水令 青山一路水潺湲韻內作鳥鳴科羅卜唱 聽枝頭黃鸝睍睆叶 拂征鞍楊柳絲句 烘遊袂火榴丹韻 回首家山韻 惹起我愁無限韻白 首夏尚清和思親

客夢多、益利白　竹疎風韻細、荷靜露香過、羅卜白　益利哥我奉母命往外經商、一路行來、飽覽山川風土、倒也不覺寂寞、只是遠離膝下、定省久疎、不知母親可安好麽、益利白　吉人天佑、定獲康寧、官人且自寬懷趲路、羅卜唱

雙角套曲　駐馬聽

椿樹摧殘韻　椿樹摧殘疊　繼志無能心自赧韻　萱花景晚韻　高堂知否果平安韻　路迢遙遊子歷關山韻　倚門閭　白髮勞凝盼韻　從未慣韻　怕慈闈魂夢

風霜犯。韻益利唱

雙角套曲折桂令 涉長途努力加餐。韻遊子身康。句慈母心安。韻膝下睽違。句承歡暫隔親顏。韻此去腰纏十萬。韻儘歡娛速早辦歸鞍。韻白官人免愁煩早些趲路、唱行遍青山。韻繞遍溪灣。韻休負了嫩柳長堤。句新綠堪看。韻羅卜唱

雙角套曲鴈兒落 雖則是盈囊及早還。韻也經年夢裏家園幻。韻試看那攢峰鎖別愁。句更聽那峽水含離怨。叶副

扮和尚戴僧帽穿僧衣繫絲縧從上場門上作睡醒科敲木魚念佛從下場門下羅卜唱

雙角套曲　川撥棹

理不了亂愁煩。韻忽聽得木魚蕭寺晚。韻益利唱松竹幽閒。韻不是人間。韻羅卜滾白正是山寺日高僧未起算來名利不如閒我怎學得那山僧。唱斷紅塵碧水青山。韻一味的雲癡和鶴懶。韻益利虛白羅卜仝坐地科淨扮漁翁戴草圈穿喜鵲衣繫腰裙持釣竿從上場門上隨意唱漁歌從下場門下益利唱

又一體

暢好是柳陰間。韻點綴漁翁江上晚。韻羅卜唱碧月彎彎。韻綠水閒閒。韻滾白正是醉臥沙汀呼不醒、半竿釣破一溪花、我怎學得那漁翁、唱釣絲風嫋嫋長竿。韻唱一隻歌兒腔脫板。韻丑扮牧童戴草圈穿喜鵲衣繫腰裙從上場門騎牛上吹笛隨意唱山歌從下場門下羅卜益利仝起科羅卜唱

又一體

又只見遠村間。韻吹笛的牧童歸去晚。韻益利唱天許癡頑。韻大地蕭閒。韻羅卜滾白眞箇是今朝馬

上看山色爭似騎牛得自由怎及得那牧童唱插花兒雙髻彎環。韻伴的箇斜陽眠犢懶。韻白益利哥你看這山僧和那漁父牧童逍遙世外何等灑樂把我名利之心頓灰了全唱

煞尾

論人間仙佛非虛幻。韻但肯把俗累閒緣一筆刪。韻便立地裏跨鶴乘鸞霄漢間。韻全從下場門下

第二十二齣　二拐賺金誇得計　古風韻

副扮張焉有戴道巾穿道袍丑扮段以仁戴僧帽穿僧衣持擊子托盤內設佛像疏簿從上場門上仝詠

頌子　急急修來急急修。韻　茫茫陸海幾沉浮。韻　都將名利爲香餌。句　搭上牽人一釣鉤。韻　佛號　南無阿彌陀佛。

生扮羅卜戴巾穿道袍繫鑾帶末扮益利戴羅帽穿道袍繫鑾帶負包仝從上場門上張焉有段以仁作見羅

卜科白　施主稽首、羅卜白　二位少禮、段以仁白　敢問施主高姓貴表、羅卜白　姓傅名羅卜、段以仁白　原來就是傅官人、有眼不識泰山、張焉有白　久聞潭府好善樂施、今爲黃沙渡口橋造未成、正要到施主府上抄化結緣、幸喜偶遇、分明是天假良緣、望乞樂助樂助、羅卜白　旣然如此、拿疏簿來、張焉有付疏簿科羅卜作寫疏簿科

白　王舍城中傅羅卜、樂助白金一百兩、祈保家母劉氏福壽康寧、段以仁白　阿彌陀佛、福有攸歸、益利付銀張

焉有接銀科白 多謝施主、還有一事、昨日得一箇元寶、不好零用、求施主換些碎銀、羅卜白 這箇使得、益利哥、換與他就是了、益利應作換與銀科張焉有段以仁唱

仙呂宮正曲 好姐姐

現今、讀 橋傾歲深。韻 功程大誰能獨任。韻 君家作福、讀 傾囊捨百金。韻合 須詳審。韻 你發心的涓滴無從滲。韻 我經手的絲毫不敢侵。韻

全白 多謝官人布施、羅卜白 不必多謝、請了、羅卜益利全從下場門下 張焉有白 一飲一啄、莫非前定、我們正要尋他他便

來此布施一百兩、假銀又換了五十兩、美哉、若非好妙計、何處得來、正是不施萬丈深潭計、段以仁白怎得驪龍頷下珠、各虛白發諢科全從下場門下

第二十三齣　滅天理逆子咆哮　古風韻

外扮張老戴氈帽紮包頭穿道袍繫腰裙持拄杖從上場門上唱

商調正曲　山坡羊

歎孤煢讀　時乖不利。韻　苦伶仃讀　身無所倚。韻　痛亡妻讀　中道分捐。句　生一子讀　不孝還不義。韻　苦痛悲。韻似　浮萍水上隨。韻　生前衣食不能備。韻　死後誰人壘墓堆。韻合　傷悲。韻　料殘生不久矣。韻　思維。韻　這情由訴向誰。韻中場設椅轉場坐科白貧乏苦哀哉年高力又衰家無生活計草履賣錢財老漢不幸先妻早喪只有一子名喚張三忤逆不孝每日在外喫酒賭錢回來時開門遲了還要喫打喫罵噯老天你怎的就沒箇報應家下沒有柴米不免打草鞋一番起隨撤椅科作坐地打草鞋科淨扮張三戴氈帽穿窄袖繫搭包作醉狀從上場門上唱

雙調正曲　字字雙

自幼生來情性剛。韻不讓。韻借衣借帽上

街坊。韻遊蕩。韻三盃兩盞醉言狂。韻無狀。韻合歸家尋事打爹行。韻停當。韻停當。疊白自家張三的便是自幼爹娘沒有積下家私與我上無兄下無弟又無妻室好難撑持且喜我那娘已死了還有一箇不成才的老子他偏不死每日問我要飯喫我想有錢米我不會嫖賭肯供養他今日贏了幾文上酒店喫醉了這一到家他問我要柴米我且進去先給他一箇下馬威開門張老白那箇蠢畜生回來了作開門張三進門科白三叫四

不應裝憨打癡的、張老白 流星開門、還說我的不是、塲
上設椅張三坐科白 看茶來、張老白 茶水在那裏、張三
白 拿飯來、張老白 飯米在那裏、張三白 你在家裏做甚
麼不備飯我喫、張老白 我在家打草鞋自巳管不過來、
那裏還顧得你、張三虛白作打張老科唱
中呂宮正曲 駐雲飛 老賤猖狂。韻 每日叨叨說短長。韻白 我
問你你今年多少年紀了、張老白 我七十二歲、張三白
你有七十二歲也不少了、唱 你倚老做愁模樣。韻 叫苦

裝窮形狀。韻㖩。格惱得我惡氣滿胸膛。韻白看你這箇模樣兒生得我這樣一箇好兒子也不知虧了那一箇我那娘親死了你也該替我娶房媳婦也是你的門面你若死了我也捨副棺材與你滾白自已無能埋怨兒行惱得我惡氣滿胸膛恨難當不曾與我娶得妻房唱又不曾置下田莊。韻絮絮叨叨讀還把言語來衝撞。韻合這頓拳頭要你當。韻作醉困椅上科張老唱

又一體

蠢子無知。韻不敬爹行敬重誰。韻豈不聞父母

如天地。韻怎把良心昧。韻啋。格你髮膚與身體。韻來從那裏。韻那曾見子打親幃讀只恐天理難容你。韻白也罷、唱合且到鄰家躲是非。韻作出門科從下場門急下

張三作酒醒虛白起尋張老科白

他跑了、待我趕上他再打、作出門科從下場門下雜隨意扮四車夫推車仝從上場門上隨意唱山歌遶場從下場門下生扮羅卜戴巾穿道袍繫縧帶帶數珠末扮益利戴羅帽穿屯絹道袍繫縧帶帶數珠持傘仝從上場門上羅卜唱

又十體　客路驅馳。韻白　益利、自那日離了家鄉、一路而來、滾白　轉瞬之間、春去夏來、鳴禽聲變、綠暗紅稀、唱早是首夏清和景最宜。韻　喜得風光麗。韻　那管身勞瘁。韻嗏。格　行處每依依。韻滾白　益利、我自出外經商、離親日遠、見此景物、觸目思親、溫凊誰代、出入誰扶、好教我行處每依依、故遲回、我這裏望雲思親、唱　親在那裏。韻　惟有柳絮隨風、讀　故撲入衣袂。韻合　日日身行圖畫裏。韻

張老從上塲門急上唱

南呂宮正曲金錢花父子直恁無緣。韻無緣。格終朝打罵堪憐。韻堪憐。格見他追趕又來前。韻合忙逃避。讀苦熬煎。韻遭滑跌。讀受顛連。韻張三從上場門上作趕打張老羅卜益利作勸解科羅卜白這漢子、爲甚麼打這老人家、張老唱

中呂宮正曲駐馬聽就裏難云。韻若說非親却是親。韻羅卜白這是你什麼人、張老白是我親生的兒子、羅卜白親生的兒子、阿彌陀佛、張老唱不幸的生成逆子。句惡勝

強賊讀狠賽兕神。韻他欺心逆理背人倫。韻不知報本
反忘本。韻合將我暮打朝嗔。韻恁般苦楚。讀望君憐憫。
韻羅卜白那漢子、天倫父母、你如何打他、張三唱
又一體
說甚麼天倫。韻他是現世人前業障身。韻似這
等老而不死。句生也何爲。讀蠢爾堪嗔。韻羅卜益利白
天下無不是的父母、你如何打得、張三白豈不聞有法
治得邪、有理打得爺、唱笑伊行古語未曾聞。韻將他人
家務强來問。韻作趕打張老羅卜、益利作勸解科張三

唱合你那裏閒話休論。韻如何是忤逆。讀如何是孝順。

韻白各處鄉風不同、我打這老子只當耍、羅卜白可憐這老人家、益利、可與他些須、以為周濟、也與那漢子些、

益利應科羅卜向張三白那漢子、你再如此、天理不容、自有惡報、益利向張老付銀科白這是二兩銀子周濟你、張老白謝爺賞賜、益利向張三付銀科白五錢銀子與你、張三白我打我的老子、何勞官人送我杖錢、羅卜白今後改過、再不要如此、張三白我改過就是了、羅卜

益利從下場門下張三白 老子、方纔二位官人、好言勸我、以後再不打你了、張老白 你若再打我、你就不是人養的了、張三白 不識敬的老東西、兒子和你說好話、你倒罵我、快把二位官人送你的銀子、拿來與我、張老白 二位官人周濟我的、難道你沒有麼、張三白 我有五錢、你必定有五兩、快拿來、張老白 沒有五兩、二兩是實、我要買件衣服穿、不與你了、張三虛白作打倒張老搶銀科從下場門下張老唱

雙調集曲 孝南枝 孝順歌首至七

忤逆子。句 毆老親。韻 推咱跌仆在路塵。韻 你忘了生身養育恩。韻 竟不把親心順。韻 怨恨怎伸。韻 白 老天。你怎的不開眼。雷公爺爺、你難道睡着了不成、唱 我這裏含淚告天。讀 天如不聞。韻 鎖南枝四至末 只恨我身命蹇。句 不敢把天恨。韻 合 我低頭拜。句 拜告過往神。韻 願得正人倫。韻 定名分。韻 從下塲門下

第二十四齣　快人心雷公霹靂　古風韻

旦扮十電母各戴包頭紥額穿宮衣紥袖持鏡從兩塲門分上走勢舞科從下塲門下雜扮四判官各戴判官帽穿圓領東金帶插笏從兩塲門分上走勢舞科從下塲門下雜扮十雷公各戴雷公髮繫套翅雷公鼓紥靠持錘鑿從兩塲門分上走勢舞科雜扮十雨師各戴監髮穿蟒箭袖繫肚囊執旗從兩塲門分上走勢舞科老

旦扮風婆戴包頭紮額穿老旦衣繫腰裙負虎皮從上場門上十雹母四判官復從兩場門分上衆合舞遶場各分立科分白

人間私語、天聞若雷、暗室虧心、神目如電、淨扮九天大帝戴九天盔腦披髮穿蟒束玉帶乘雲兜從天井下白

雷部諸神聽令、衆應科九天大帝白　吾奉上帝玉旨、彰善罰惡、報應無私、諭爾諸神、須要謹遵十擊者、衆全白　不知那十擊、九天大帝白　一擊不孝不弟、二擊不忠不

艮三擊陷人酷吏、衆遶場科全白 該擊、九天大帝白 四擊妖言惑衆、五擊毒藥害人、六擊欺心賊盜、衆遶場科全白 該擊、九天大帝白 七擊謀死親夫、八擊行使假銀、九擊調唆鎮壓、十擊賄賂貪官、衆遶場科全白 該擊、九天大帝白 此其大略、其餘自有社令一一詳察、就此施行、以彰天教、爾等欽此、衆全白 領法旨、九天大帝乘雲兜仍從天井上十雷公十電母白 我等就此施行便了、衆遶場科全唱

雙角隻曲　沽美酒帶太平令　沽美酒全　俺可也　怒轟轟下九天。韻

怒轟轟下九天。疊　行天討奉皇宣。韻　都。則。爲　塵世宄人

惡不悛。韻　昭　報應何嘗遠。韻　明誅殛曾無舛。韻　太平令[illegible]

勸世人須行良善。韻　論。天神最爲靈顯。韻　慿呵。格　爲

造。下　生宼。韻　死愆。韻　到今朝　遭貶。韻　受譴。韻　呀。格　看天

網疎何曾漏免。韻　全從下場門下末扮社令戴紥紅幞

頭穿圓領束角帶持黄黑紙旗從上場門上白　世間善

惡不同流、禍福皆因自已。求天、把惡人誅幾箇、使人警

省早回頭小神社令是也昨者玉旨下在城隍處轉委
小神檢察一方善惡善者插一黃旗天公佑之惡者插
一青旗天雷擊之人心分黑白旗色別青黃副扮張焉
有丑扮段以仁各戴氊帽穿窄袖繫搭包仝從上場門
上分白兩京大棍張焉有四遠馳名段以仁我二人正
要尋羅卜他便前來撞我們社令各與插黑旗內作雷
聲科段以仁白天變了銀子是騙了來了你我如今家
裏分去罷仝唱

南呂宮正曲　金錢花　拐兒手段稱奇。韻稱奇。格呆人心信無疑。韻無疑。格白金容易賺將歸。韻合布作地。讀聽伊爲。韻視如土。讀任咱揮。韻全從下場門下旦扮孝順婦穿衫從上場門上白　心慌覺路遠。事急盼家遲。社令與插黃旗科孝順婦白　我丈夫從軍去了。婆婆一病十分沉重。少不得自已出來覓一良醫調治。願得藥醫無礙病。但祈佛度有緣人。從下場門下淨扮張三戴氊帽穿窄袖繫搭包從上場門上白　不顧承歡養父母。但知好勇是男兒、社令與插黑旗科張三白　我那不才的老子、被我打急了、一徑逃走、路中遇了兩箇客人、周濟了我老子二兩銀子、又送我五錢、我那老子不與、我我將他推倒在地、奪將過來、又踢了幾脚、我也不管他死活、我且拿去喫酒受用、內作雷聲科張三白　天變了、我且趲行幾步、唱

又一體　何須孝敬雙親。韻　雙親。格　不妨蔑絕人倫。韻　人倫。格　天公冥漠少知聞。韻合　行善的、讀　受災迍。韻　作惡

的讀有金銀。韻從下場門下雜扮惡婦李氏戴磕腦穿衫繫汗巾從上場門上白殺人可恕、情理難容、社令與插黑旗科李氏白前日到右鄰張大娘家、那些酒飯不與我喫也罷了、反來譏誚我、我如今到他婆婆跟前說他短處、待他婆婆打他一頓、送了他的殘生、方消此恨、張氏只教你閉門家中坐、禍從天上來、唱

又一體

奴奴貌賽嫦娥。韻嫦娥。格一張口利如梭。韻如梭。格終朝兩脚走奔波。韻合與我喫、讀笑呵呵。韻沒得

喫讀奈他何。韻從下場門下內作雷聲四判官風婆從
兩場門分上後場立科張三張焉有段以仁李氏仝從
上場門上虛白遶場從下場門下雜扮奸臣甯爲仁戴
紗帽穿道袍持扇子雜扮酷吏包可達戴書吏帽穿圓
領繫鑾帶雜扮妖道溫淸虛戴巾穿道袍雜扮貪官錢
茂選戴紗帽穿圓領束金帶雜扮惡婦强氏戴箍幗穿
衫雜扮惡婦賈氏穿衫仝從上場門上虛白遶場科十
電母十雷公十雨師從上場門上遶場仝從下場門下

外扮張老戴氊帽穿道袍繫腰裙持拄杖從上場門急上白　你看前面雷電交加莫非我兒子被天雷打死老天我兒子雖然不孝還是我老夫一點骨肉作叩頭科白　雷神爺饒他這一次教他改過罷了可憐我孤老伶仃寧使子不孝我為父的豈忍不慈社令與插黃旗科張老白　雷雨越大了我趕上前去看看唱

又一體　九天赫赫雷轟韻　雷轟格　四山靄靄雲濛韻　雲濛格　行行不辨路西東韻合　打驟雨讀　捲狂風韻　心急

急、讀意忡忡。韻從下場門下生扮羅卜戴巾穿道袍繫

鑾帶末扮益利戴羅帽穿屯絹道袍繫鑾帶持傘仝從

上場門上分白　在家千日好、出外一時難、社令各與插

黃旗科從下場門下羅卜白　益利哥、到此途中、忽然雷

雨交加、你我趲行幾步、前投歇店便了、益利應執傘與

羅卜遮雨科仝唱

又一體　風狂雨驟難行。韻　難行。格　雷奔電激堪驚。韻　堪

驚。格　漫天聲勢忒縱橫。韻合　必變色、讀　倍欽承。韻　恍惚

惚讀戰兢兢。韻從下場門下內作雷聲科十電母十雷公十兩師作追十惡人從兩場門分上遶場科十雷公作擊十惡人畢十電母十雷公十兩師各分立科四判官各作批寫十惡科分白　不孝不弟張三、不忠不良甯爲仁陷人、酷吏包可達、妖言惑衆溫淸虛、毒藥害人賈氏、欺心賊盜張焉有、謀死親夫强氏、行使假銀段以仁、調唆鎭壓李氏、賄賂貪官錢茂選、羅卜益利仝從上場門上益利白　官人、原來打死十人在這裏、羅卜白　阿彌

陀佛、唱

中呂宮正曲　駐雲飛　這纔是赫赫天威。韻堪歎世人總不知。韻作惡豈知悔。韻百計貪財利。韻嗏。格他謾自道便宜。韻天眼低。韻愚者求財、讀到此成何濟。韻合須信天公不可欺。韻須信天公不可欺。疊羅卜作見張焉有所持銀科白益利、可將這銀子、買幾口棺木、收了他們的屍首、我在前面等你、從下場門下益利隨取張焉有所持銀科從下場門下雜扮土地戴巾穿土地氅繫絲絛持

拂塵從上場門上白　造惡之人、例不容收屍、乞求風神、發一陣狂風、吹在河內去、仍從上場門下風婆白　風曹將吏何在、雜扮八風曹將吏各戴豎髮穿蟒箭袖繫肚囊執風旗從兩場門分上旋舞科十惡人作隨風旋繞暗從地井下風曹將吏仍從兩場門分下衆仝白　諸惡已擊、吾等回覆玉旨便了、唱

越調正曲水底魚兒　善惡分明。韻今朝報應靈。韻善人獲福。句合惡者受天刑。韻　惡者受天刑。疊衆遶場從兩場門

各分下